父女對話

陳冠學 著

三民書局

國家圖書館出版品預行編目資料

父女對話／陳冠學著.－－二版一刷.－－臺北市:
三民, 2018
面;　公分

ISBN 978-957-14-6423-7　(平裝)

855　　107007538

© 父女對話

著 作 人	陳冠學
發 行 人	劉振強
著作財產權人	三民書局股份有限公司
發 行 所	三民書局股份有限公司
	地址　臺北市復興北路386號
	電話　(02)25006600
	郵撥帳號　0009998-5
門 市 部	(復北店) 臺北市復興北路386號
	(重南店) 臺北市重慶南路一段61號
出版日期	初版一刷　1994年10月
	二版一刷　2018年11月
編　號	S 852700

行政院新聞局登記證局版臺業字第〇二〇〇號

ISBN　978-957-14-6423-7　(平裝)

http://www.sanmin.com.tw　三民網路書店

推薦序

自然紋理中的一道美麗皺摺——讀陳冠學《父女對話》

東華大學華文文學系副教授　楊　翠

男性作家筆下常見父子對話，對話主題也多是家國大事、人情義理，而陳冠學的《父女對話》，卻以豐富的細節，編織父女生活現場，別有情韻。

《父女對話》的第一個特色是日常性豐盈。一般情況下，父系社會中的父親和兒女，一生中難得有幾場日常性的對話，然而，《父女對話》全書都是日常生活與對話細節，卻絲毫不見繁膩蕪贅，展現鮮活的現場感，有如一幕幕微電影，父女倆與天地萬物隨喜遭遇，在宇宙韻律中，聯袂演出。

書中，父女共同生活的每一個場景，每一次對話，都有如一道道自然紋理，銘刻在身旁所見的花草樹木間，寫進每一顆野漿果的飽滿汁液中，甚至寫進風雨雷電、山林溪石，鐫入天地之間，與宇宙韻律相互滲透。

父女的生活紋理，因而也成為自然紋理的一道美麗皺摺。就如書中我非常喜歡的這篇〈溪石落〉，父親趁著力力溪的自然地形即將被毀前夕，雇了鐵牛車，搶下三車溪石，堆放在庭院裡，日久之後，溪石成為自然生態與父女生活的共同場所，女兒在溪石上玩耍，赤腹鶇在溪石上曬太陽，相安無事，相互陪伴。

一九八〇、九〇年代，陳冠學歸返自然的意志，是讀者熟知的故事，《父女對話》中也有很多關於自然生態的對話。表面上，女兒是一名發問者、學習者，她不斷以幼嫩的生命，對天地間的各種現象發問，關於山與石，關於地球與太陽，關於花草樹木和蟲蛇鳥獸；而父親則是回應者、教育者，他回應著女兒的諸種問題，以寓言式的說話方法，試圖讓女兒感知宇宙韻律的奧妙。

然而，事實上，女兒卻經常銳利刺擊問題的核心，讓父親無法回答。這不僅挑戰了父親做為教育者的位置，也揭露一個事實：宇宙韻律的內涵，遠遠超出人類的知識系統與認知幅員。宇宙韻律，與其說是一個教案，一道問答題，不如說是一則豐富的謎題，它不是做為固定答案而存在的，就此而言，女兒身為自然界的初生者，反而更貼近宇宙韻律最純粹的核心。

如書中寫到，女兒總是不斷發問，這是什麼，那是什麼，她認真觀察、體會每一道自然紋理的皺摺之美，但對動植物的名字卻不熱心，總是忘記。這一點卻反過來教育了父親，讓他體認到：「現存在是最實在的，名字反而顯得虛無」，因為對自然的命名與分類，只是滿足人類的「知識慾望」，對自然實存而言，不具任何意義。

女兒「極喜愛種子，一拿到手就種」，也是宇宙韻律的一個小祕密。女兒種過她可以拿來種的任何東西，穀子、草籽、樹籽、莖節、塊根，有的被蟲鳥戕害，有的出乎意料之外長成了。種植這件事，就是和宇宙韻律協商的結果。如某日，女兒從父親買來的菜色中，拈了一粒種籽種下，長成皇帝豆，為了讓皇帝豆熟成，父親跟烏嘴鵯溝通協商，終於，牠放棄皇帝豆的長鬚，選擇了碎米知風草來築巢。

這個畫面十分溫暖動人，然而，宇宙韻律不會總是展現溫柔的場景，父親必須與女兒共同體認自然的角力。如花蜘蛛捕捉昆蟲，昆蟲又囓啃女兒所種的牽牛花，她便以蘆葦桿，將一隻囓咬牽牛花的小螽蝗送到花蜘蛛面前，父親立即上前營救，小螽蝗仍然死在花蜘蛛的毒液下。花蜘蛛經過幾場捕捉大戲之後，不再出現了，父女以問號式的對話，為這場生物競逐下了定義；因為花蜘蛛為何而來，為何而走，沒有答案，正如宇宙的韻律。

書中的這些自然生態對話，確實十分精彩，然而，對我而言，這本書最動人的地方，卻是父女之間的情感流動。對女兒而言，父親是通靈者，與一切生命的靈魂相通；對父親而言，女兒是救贖者，粲美如陽光，恆常照亮父親的暗鬱心房。

〈舞〉中，女兒扮演各種角色，為父親表演獨一無二的舞蹈；〈講故事〉中，即使父親口中的故事早已講了上百遍，女兒仍然開心展笑；〈草〉中，父女散步一趟回來，父親胸口插滿女兒採摘的草花，「五彩繽紛，彷彿當了老新郎一般」；〈野漿果〉中，父女一路採食野漿果，回程，小女兒「貼在老父的肩項間睡著了」；還有〈信〉中，老父依著女兒的意志，寫信給他們住過的老房子，問候房子周旁的花草好；所有這些畫面，有的喧鬧，有的安靜，卻都無比動人。

《父女對話》初版於一九九四年，當時文本中不到五歲的女兒，如今恐怕早已翻過而立之年了，然而，書中的女兒與父親，卻成為永恆的存在，有如自然紋理中的一道美麗皺摺，如〈喜餅〉中所言：

在小女兒的心目中，不止她自己永遠是小孩子，連她日日看著的老父也是永遠這個樣子，不會再老去，將永遠存在著，跟她在一起。

二〇一八年九月二十九日

目次

山

老家在偏僻的山腳邊，不是五光十彩的都市，而是天造地設一色綠的山野。小女兒剛回來，第一個最攫引她的便是東邊的山，尤其是那高出一切的南北太母，只要是空曠無遮蔽的地方，一定東顧看山。也許山是天地間她所見到超出一切、無匹類的、獨特的崇偉實體；天雖是高而廣，在她的眼目裡，只是抽象的虛影，一點兒也不實在。山才是她所見世界唯一實在的「大」，因此山攫引了她的眼目。

一天，雲霭遮蔽了山，小女兒驚訝地問：

「爸爸，山哪裡去了？」

真是世界第一件大事，世界獨特的大，怎會不見了？可能哪裡去了呢？

「你說呢？」

小女兒思索了片刻，興奮地說：

「山玩去了！」

「是的，山大概到東海邊玩去了！」

「他回來時，會不會帶糖果給我呢？」

「山公公也許記得，也許會忘記了。」

「山公公不會忘記的，他是我的好朋友啊！」

第二天，雲靄散了，小女兒歡呼著：

「爸爸，山回來了！」

可是她早忘了糖果的事，她看到山只是歡喜。

「爸爸，我們去看山公公！」

「單是我們父女，是不能去的，那要跟幾位叔叔準備好了才能去。」

「不嘛！騎機車去！」

「那只看得到山寶寶，看不到山公公。」

「好嘛！先看山寶寶，待爸爸約好叔叔們，再去看山公公！」

於是老父載了小女兒到了山腳下，小女兒摸摸山崖說：「山寶寶乖！」

小女兒滿意了，我們就順坡地回家來，一路上還時時停下來讓她拿手指頭去觸觸路邊的含羞草，見著羽葉合閉，她心裡覺得好神奇啊，她將含羞草當害羞的小姑娘看待。

回來後，一天，小女兒在庭中玩，忽然問：

「爸爸，有沒有山種子？」

「什麼呀？」

「山種子呀！有山種子的話，在庭裡種一顆，庭裡就會長出山來了，我要跟山寶寶玩！」

老父撫摸著小女兒頭頂說：

「乖！」

一天午後，父女倆散步來到了一條高壠上，坐下來看山。老父喜歡看襯著晴天的嶺線，由北而南，劃成一條起伏無定近百公里柔和的山稜，非常的美，小女兒也不停地讚美。最後老父收回視線，歸結在南北太母的最高稜線上。

「山頂上有整排的樹，一棵棵明朗朗的，看到沒有？」說著老父指給小女兒看。

「看到了，爸爸，像一把把雨傘。」

「是啊，山上有許許多多的樹，它們是山公公的傘，日來遮日，雨來遮雨。」

「爸爸不是說，貪心的人把樹都砍光了嗎？」

「是啊，在更北方，貪心的人把山上的樹都砍光了。」

「可憐的山！日來就沒有樹遮日，雨來就沒有樹遮雨了。他們年紀大不大？」

「都很大了，都是山公公啊！」

「他們都怎樣了？」

「山公公的皮被日頭曬裂了，被雨水沖掉了，都見到赤精精的肉了。」

「好可憐的山公公！」

停了好一會兒，小女兒憂傷地問：

「山會死去嗎？」

「是的，遲早都會死去。」

於是小女兒拉了老父的手，低著頭無力地說：

「爸爸，我們回去吧，不要看山了！」

見著小女兒小小的心靈裡有了陰翳，老父很覺得難過；可是等到第二十九號沿山大馳道開闢，這一條山嶺生機就要日斷了，到那時就連南北太母也要死去，這是事實啊！

第二天，小女兒早忘了昨日的事，老父載了她到市鎮去，要坐火車到大城市看有好多層旋轉電梯的大百貨公司，一路上她一直跟山揮手、說話。

「爸爸，山也跟著我們跑呢！」

她好高興喲！

「再見！我們晚上就回來了，再見！」

到了高雄，她看見了打鼓山，驚喜地直拍手說：

「爸爸，山也來了！」

「嗯，山也來玩了！」

小女兒跟打鼓山揮手說：

「不要貪玩呵！天黑前要回家，不要走迷路呵！」

晚上回家，小女兒一直耽心山迷了路回不來，一路往東邊看，星夜又看不清。

第二天，看見山仍好好兒在那裡，她好高興，喊著：

「爸爸，山回來了！」

五歲姑婆

小女兒回老家來之後，洗髮成了大問題。家裡沒有一個合適的地方供她洗髮。曾經試著洗了一次，實在不忍看著她滿頭滿項滿面的泡沫，甚至滲入眼睛，灌進耳孔，經由領口流下胸背。鄉下房子設備簡陋，這實在不是男人能勝任愉快的一項大工程；而且老父疼愛小女兒，也不願意讓她太委屈。於是每次都載著她，老遠的上市鎮去洗。

後來才知道一個跟我同年的族姪娶了個兒媳婦，在家裡開了電髮間。下一次我就帶了小女兒去。離得不遠，我家在路西，他家在路東，相距大約一百公尺光景，既省事又省時間。

一進圍牆大門，就見族姪夫婦倆坐在簷下水泥階上納涼，身邊還放著斗笠，塑膠製半筒靴，大概剛從果園回來的樣子。族姪婦一看見我，便叫我叔公。老家古習，做母親的要跟孩子同稱呼，目的是要讓孩子們順嘴。族姪跟我自小一起長大，都是直叫名字，此時有了兒女，又娶了兒媳婦，不便再像以往那樣叫，要叫叔叔又不順口，竟就省了稱呼，用招呼代替。小女兒是初回見面，我要她叫老哥哥、老嫂嫂。小女兒早叫慣了這兩樣稱呼，叫起來並不困難。

電髮間設在廂房。一打開紗門，就看見一個年輕女子抱著一個滿月大的嬰孩。族姪夫婦倆也隨著跟了進來，姪婦介紹著說：「這位是叔公祖。這小女孩，要叫姑婆。」小女兒剛到陌生地方，又見了這麼多陌生人，注意力分散，不曾聽見。於是坐下來洗髮。

稍停，族姪的三姐走了進來，一個六十歲出頭，滿頭白髮，一臉皺紋，眼睛稍微瞇著，一生做的粗活，手腳顯得粗短的老婦人，算來是我的族姪女，比我大十歲以上。我教小女兒叫老姐姐。這位老姐姐平生最愛說笑，全村算起來是第一。老姐姐走近小女兒，要摸她，小女兒有點兒怕，儘往另一邊縮。

「很漂亮的小姑娘家啊！幾歲啦？」老姐姐問。

「五歲。」我答。

停了一會兒，老姐姐指著嬰孩跟小女兒說：

「寶寶要叫你姑婆喲！」

小女兒睜大了眼睛四邊看。

「就是你呀，你是伊的姑婆喲！」

「不，我是姐姐！」

小女兒知道姑婆指的是她，便應聲否認。

於是族姪、族姪婦也加進去，改正小女兒，說她是姑婆，不是姐姐。

小女兒見這麼多的人七嘴八舌都說她是姑婆，辯駁不過，就哭了。其實族姪夫婦是好意，老姐姐或許正經的成分還是多於說笑的成分。

新婦說好說歹，最後說要跟小女兒擦指甲花，小女兒這才不哭了。

走出了廂房，大夥兒送了出來，老姐姐在後面儘說「五歲姑婆，五歲姑婆」，小女兒又哭了。

出了圍牆大門，小女兒拉著老父的手說：

「爸爸，下次不再到他們家洗髮了！」

第二次不肯去，說好說歹哄著去了，又哭了出來。

第三次去時，就沒人敢再提「姑婆」二字了。

後來小女兒跟新婦熟了，問新婦說：

「這個寶寶是你的小孩？還是你的大人？」

問得新婦不曉得如何回答。直到現在，我還不明白小女兒這句問話的意思。

小女兒有時不肯好好兒吃飯，餵她幾口之後，就不吃了；早上吃牛奶，喝一半就不肯再吃。老父說：

「這個樣子是長不大的喲！」

「人家不要長大，人家要永遠五歲！」

「為什麼呢？」

「長大了就會變成姑婆呀！」

噢，原來小女兒一直不曾忘記那位老姐姐的話！一句在大人聽來十分合乎倫理禮節的話，在小孩子的心裡卻留下了這麼深的刺激。記得從前小女兒是怎樣盼望快快長大，時常愛扮大人模樣的啊！

回老家前一年，父女倆在澄清湖畔初租了一幢公寓的一樓，首次有了家用電話，小女兒好喜歡，那時她才四歲（實則剛足三歲），時常偷偷地拿起電話筒，任意撥號。有個應門用的對講話筒，她更是喜歡，纏著老父一定要站到圍牆門外跟她對講。有一回，她拿起來獨講，只聽見她一本正經地說：

「喂！喂！我是小蓮，請將我的衣服送來！」

小蓮是卡通裡一個小女孩的名字。

沒想到居然有人回答她的話，只聽得話筒裡傳出一個男孩的聲音說：

「小女孩，亂講什麼？」

老父急探頭看，看見三個打赤膊，赤著腳，大約是小學五、六年級的男孩，急急逃去。

小女兒哭了，說哥哥罵她。凡是男生她都泛稱哥哥，女生都泛稱姐姐。

有時小女兒纏著老父要跟她玩電話對講，任何東西都可權充電話筒，或徒拳也成，可要彼此望得見。

「喂！喂！你是誰？」

「我是娟娟小姐。」

娟娟小姐是卡通太空突擊隊鐵船長的女朋友。

「你在做什麼呀？」

「在炒菜呀！」

「你爸爸呢？」

「不能說爸爸呀！」

「為什麼呀？」

「我是大人呀，我是娟娟小姐呀！」

「那麼要怎麼說呢？」

「要說陳先生。」

「菜炒好了沒有？」

「炒好了。」

「好不好吃？」

「好吃！」

「乖！」

「不能說乖呀！」

「為什麼呀？」

「我是娟娟小姐，我是大人呀！」

這一陣子小女兒再沒跟老父玩娟娟了。再過一段時間，等她忘記了「姑婆」，就會再纏著老父玩了。

公主與國王

小女兒自三歲起便很愛撕紙張，到四歲時越發嚴重，不止給她看的幼兒彩色書冊一本本撕爛，連我的藏書她也撕。我既感到束手無策，也感到失望，心裡想這孩子長大了可能不喜歡書本。先前自推銷員手裡買了光復書局出的《彩色世界童話全集》前半部十五冊，這是相當豪華的本子。她喜歡一邊看著書中的圖畫，一邊聽大人講述書中的故事。這半部書若不是隨看隨收收得緊，不免也被她撕毀。後來我才恍悟，原來她撕紙是學我的樣。我有個性癖，定稿以前的任何手稿，我不願意讓它保留著，每寫好一篇文章或一部書，既經謄出了定稿，前此的手稿就悉數撕毀，小女兒自襁褓時便見著乃父這個奇特的行為。五歲回老家來，小女兒聽了老父的解釋，不再撕書本，但是零星的紙張她還是很喜歡撕。她把白紙細碎地撕滿地，說是下雪，每天要掃一、二回。

小孩子有個通性，總愛聽大人講故事，而且同一個故事百聽不厭。起初老父編了一個故事，說是老父和小女兒到森林邊遠足，帶了一大包甜點去，有蛋糕、有巧克力糖、有果汁罐，在森林邊如何認識了小兔、小鹿和小熊，後來小兔、小鹿和小熊如何到家來玩。這個故事往後一次次的講，一次次的增加了內容，直到內容完全飽滿不能再增入了才定了型。

愛聽故事而且百聽不厭，這是老天賦予小孩子學習語言的一種天性。我自己編的這個故事，大約講過一千遍。只講這個故事小女兒還不依，世界童話每日最少也得讀兩篇至三篇，那十五冊世界童話大約讀過兩百遍。後來小女兒不撕書本了，她自己翻著書頁，看著圖畫，自己講給自己聽，有時候還講給老父聽。西洋童話差不多全是王室傳奇，故事中的主人翁，總是離不開公主和王子，像安徒生〈賣火柴的小女孩〉那樣足以抵過兩果八大卷《悲慘世界》的庶民題材反而不多，這理由是庶民生活刻苦，少有傳奇性。

有一天小女兒跟老父說：

「爸爸，人家長大了，要當公主，要住在很大的宮殿裡，有許多的用人。」

「噢！」老父聽了不由得吃了一驚，這些童話在小女兒的心中起了這麼大的作用。

「爸爸，你聽見了沒有？人家長大了要當公主，有很多的人使用，住在很漂亮的大宮殿裡面。」

「爸爸聽見啦！當了公主，過著幸福的生活，好心腸，有禮儀，讓所有的人都讚美你，是不是？」

「是呀！」

「乖！」

小女兒跟老父住在村邊的一幢平屋裡，圍牆差不多永遠關著，絕對的沒有玩伴，除了偶爾要求老父跟她玩捉迷藏、打電話，大部分的時間她都是自己獨個兒玩著，不是她有層出不窮的遊戲發明，不厭重複的童心，老父先就要難過死。由於她沒有實際上的玩伴，小兔、小鹿和小熊便成了她真實的朋友。

「小熊他們剛來過呢！小兔說日頭光曝著屁股了還不起床？小熊說要掀開棉被來打呢！」

小女兒從被窩裡爬了出來說：

「好哇！我要打小熊的屁股，他還敢打人家屁股！」

童話中的公主們在小女兒的心中是否也變成了真實的朋友，這倒不能確定。但是自從上一次她說出了長大要當公主的話之後，她就一再提起。這一次她忽然問老父說：

「爸爸，國王是怎樣來的？」

「你怎麼問這個呢？」

「人家要當公主，爸爸就得當國王呀！」

「噢，原來如此！」

「爸爸你說嘛，國王是怎樣來的？」

「大部分的國王都是父親傳的。」

「第一個國王呢？」

「大概都是搶奪來的，就是後面的國王也難免要搶奪。」

「爸爸，搶奪要殺害別人是不是？」

「不止殺害別人，還殺害許多人。」

小女兒沉吟了好一會兒，堅決地說：

「爸爸，人家不要當公主啦！」

「乖！」

太陽與地球

小女兒無論怎樣早起都不會比太陽公公早，她一天要睡十二個鐘頭，晚上八點上床，明早八點以後才醒，九點上床九點以後醒，而太陽公公一年最晏沒有晏過七點的，因此小女兒每天早晨都落在太陽公公昇起之後才起床。

小女兒每早睡醒了就大聲喊：

「爸爸，我睡醒啦！」

聽見她喊，就得馬上回答。萬一老父不在家，或離家遠些，沒能即時聽見回答，小女兒就哭了。大概老父總是守在屋裡，最多在屋邊忙著些什麼。

「睡醒啦？日頭光都曝著屁股囉！」

我一進臥房總是這樣說。

「太陽公公說什麼呀？」

「太陽公公說有禮物給你，就放在庭中的草根邊呢！」

小女兒於是趕緊起床，穿好了衣服，便趕到庭面去找。

「爸爸，找到了，一塊糖果。」

「噢，只有一塊嗎？太陽公公不會只給你一塊糖果的，其餘的大概給螞蟻抬走了。太陽公公起得那樣早，你起得那樣晚，螞蟻聞見就抬走了。也許是那隻灰貓和牠的朋友偷去了。」

「壞螞蟻！壞灰貓！明天我要起得很早！」

「乖！」

可是小女兒照樣晏起。

有時候小女兒一醒來發現房內沒有往常明亮，窗外老檨樹上不見陽光，就高興地說：

「今天我比太陽公公起得早！」

「今天太陽公公請假。」

「為什麼請假？」

「人們都有禮拜天，太陽公公沒有禮拜天，總該讓他休息一天去找找朋友玩玩呀！」

於是一整個上午小女兒不停地問：太陽公公為什麼還不回來？太陽公公是大自然界裡最引小女兒注目的一個動物——會動的物體。早上小女兒雖然迎不到日出，可是自向晚以後，太陽有了一點兒紅暈起，她就不停地跟他揮手說再見。

一天，我跟小女兒說地球是太陽的兒子，小女兒隨口問道：

「那麼地球長大就變成太陽囉？」

冷不防小女兒會這樣聯想，老父一時之間幾乎答不出來。有生物是生長的，無生物是衰老的；有生物不再生長，就無生物化，成為衰老的。

「地球再不會長大了，許多壞人正在殺害他。他們用大量的毒藥、毒氣和一種最厲害的毒叫做核能毒的，用來殺害地球。地球已經生病了，不會再活很久了。」

小女兒聽了蹙起眉頭問：

「怎麼都會有那樣多的壞人？」

「爸爸也不曉得，總是壞人多。」

「叫太陽公公不給他們光明和溫暖！」

「他們本來就是黑暗而冰冷的。」

小女兒當然聽不懂老父的話，這是老父講給自己聽的。

「爸爸，我們來想想辦法救救地球！」

「乖，爸爸來想想，你也想想！」

老父早已絕望了，也許將來會有辦法使地球復活，老父在心裡面祈禱著。

草

每次帶小女兒出去，在村路上、阡陌間散步，小女兒每喜歡摘草花，幾乎見一樣就摘一樣。初時她用左手的拇指和食指夾著，越摘越多，終於夾不牢，便一樣樣掉落，於是小女兒就交給乃父來拿，乃父只好插在白襯衫的胸口袋上。一路散步下去，乃父的胸口袋終於插滿了草花，五彩繽紛，彷彿當了老新郎一般。

「爸爸，這是什麼花？」

「是紫花藿香薊。」

「這是什麼花？」

「是龍葵。那麼小你也採嗎？」

「大的小的都一樣好看。爸爸，它為什麼那麼小呢？」

「不曉得，老天造它時就那麼小了。」

「為什麼造得那樣小呢？」

「老天大大小小都造了。還有更小的呢！」

「是呀，這一樣更小，那是什麼花？」

「那是假鹹蝦。」

「怎麼是假的呢？它又不是蝦！」

「祖母管它叫疔仔草呢！」

「釘子嗎？」

「不是釘子的釘，是生在面上的毒瘡的疔。」

「它能治疔嗎？」

「祖母說能治疔。有人叫它一枝香呢！」

「不止一枝呀！」

「它那紫色的花頭很像香火。」

「爸爸，這些花都是老天造的嗎？」

「是呀！都是他創造的。」

「爸爸，你見過老天沒有？」

「沒有。」

「那你怎麼曉得有老天？」

「老天就在那兒，看不見，卻可以感覺到。」

「爸爸，你真了不起，我就感覺不到。」

「你也可以感覺到，你不是愛這些花嗎？我們家裡用的東西每一樣都要人來造，這些花一定也是造的。」

「嗯，是造的！但是我沒有看見老天造它。」

「老天是交給自然律來造的。」

「什麼是自然律？」

「自然律就是一種規則，比如說，你手指一放，你夾的草花就一定掉下去，這也是自然律。你試試看！」

於是小女兒連續試了好幾遍，試得興致高昂起來。

「真奇怪，怎麼老是往下掉？」

「若是東西不一定往下掉，可以橫飛，那不太可怕了嗎？瓦片可以左飛右飛，豈不時常打破人頭，人怎麼生活呢？」

「爸爸，我懂得了，老天真偉大！」

「嗯！乖！」

家裡庭面上也有許多草，不是我不忍拔除，是我喜歡它們。小女兒一天裡有一半時間都在庭面上，不是玩草便是玩小石子。她用小石子來築長城，一塊接一塊，把一些草圍起來。

「乖乖的，沒有壞人能害你。」

她對圍城中的草說。而事實上，那些草的確也沒有天敵，它們演化出不受侵犯的本領，雖然草上或許就生有青蟲，卻看不出受過侵害。

小女兒很喜歡拔鼠尾粟，也不曉得她拔它做什麼，也許她就是愛那鼠尾似的長穗吧！

有時候小女兒隨便找出一個可盛水的餅盒蓋或是裝底片的圓盒身，盛了水，拔一株小的咸豐草或心葉母草放在裡面。頭一兩天草依舊欣欣向榮，幾天後老父就偷偷給換了新，小女兒似乎沒覺察到，但久之也就忘了。

「爸爸，這鼠尾粟為什麼獨自伸出那麼高，那麼長呢？」

有時候小女兒忘記了草名，就只說「這草」。她對草的名字並不熱心，時常反覆問過幾次還是忘記了。這就好像一群同鄉里的小孩子們在一起玩，很少聽見他們彼此喊名字一般。對於他們，現存在是最實在的，名字反而顯得虛無。

「爸爸，我很喜歡草。」

「為什麼？」

「草是永遠不會離開的好朋友。」

溪石落

約五、六年前趁著力力溪自然地形被毀前，雇了鐵牛車載了三車溪石回來堆在庭右，那時小女兒還未出生。這一堆溪石惹來來家的客人無謂的探問，一般都猜想我要築園景，大概平房要拆掉，即將大興土木，銀行裡或許存了幾百萬閒錢。沒想到三車溪石倒令我闊氣起來，平白受到人們幾許尊敬。當然這對於我而言，乃是大煞風景的事，我費了許多口舌解釋，沒有一個肯相信。但日子一個月一個月過去，一年年過去，平屋依舊，溪石依舊，客人們終於不得不相信，這回他們的表情倒是挺曖昧的。

望著那一落溪石，心裡面就覺得快樂。

離開了平屋和溪石出去了一段日子，這回回家來，我坐在屋角下眺望溪石，小女兒爬在溪石上，一塊塊坐，沁涼她的腰臀。

「爸爸，石頭上的白線很好看呢！」

「好看極了！」

「爸爸，怎麼會有白線呢？」

「你說呢？」

「是老天造的，要給人看的。」

「一點兒不錯，是老天造的，乖！」

這一落溪石——我不叫它堆而叫它落，因為在我看來，溪石彷彿每一塊都有生命，它們恰似植物叢聚成一群落，人類族聚成一部落一般——原先是由車上卸下來自然堆積而成，我們父女不在家的期間，聽說有人看見一條大山獺蛇鑽進溪石落間，招來幾個人，把溪石落撬開來，成了現在的樣子，好像一座山經過一陣大地震，震崩了一般，看起來自然有些不順眼，雖不順眼，只要是溪石落，對於我就顯得是美的；單獨的一塊溪石就夠美了，何況是一個群落？任它是最零亂的樣子也是美的。

小女兒日日在溪石落上玩。一天，老父正在書房裡看書，聽見小女兒尖叫一聲，奔了進來，不由得吃了一驚。

「爸爸，蛇！」

「蛇？」

蛇不是好玩的，老父即時奔了出去，小女兒跟在後面。

「哪裡有蛇？」

「鑽進去了。」

「好了，再不要爬在溪石上玩了！」

但是小女兒卻遠遠的站在一旁直看溪石落，就是不走，老父不得不陪著她。

「不要靠近！」

小女兒偏向前更走了幾步。

「蛇說再靠近，牠就咬得到了。」

於是小女兒猛地向後跳退，但不多久又向前進了幾步。

「蛇怎麼說？」

「說太遠。」

小女兒又進了一步。

「蛇怎麼說？」

「說還遠。」

於是小女兒猛地衝到溪石邊。

「蛇說太近了。」

小女兒立刻又往後猛跳。

小女兒重複玩著這齣遊戲，玩得老父站累了，不得不把她牽回屋裡去，尋一齣新的遊戲轉移她的興致。

那一天，老父在西窗邊看書，看累了闔了書，不經意地向窗外看，溪石落就在那兒。忽見溪石邊的草無風而動，屏息候著，忽跳出了一隻赤腹鶇，立在溪石上。急把小女兒抱上書桌指給她看，拿食指壓住她的唇。

「看到了嗎？」

「一隻鳥。」

「叫赤腹鶇。」

幾秒鐘工夫，赤腹鶇又跳了下去，不見了。等了半分鐘，連草也沒動。

「哪裡去了？」小女兒小聲地問。

「不曉得，也許還在那兒，也許走了。」

「為什麼只給人家看一下就躲起來了？」

「牠……」老父一時想不出理由來。

「為什麼不像花定定的在那兒？」

「牠是鳥啊！」

「白頭翁不是乖乖的讓人家看嗎？」

「山裡面也有奇花躲著不教人看呢！」

「真的嗎？爸爸，帶人家去看好嗎？」

「好的，好的。下次去看山寶寶，順便去看。」

第二天上半晡，闔了書看出去，看見那隻赤腹鶇在溪石西沙地上曬太陽。抱了小女兒看，這回是看足了，只是遠了些，沒看到牠胸腋下的赤羽。

「牠是好朋友！」

「是的，牠是好朋友。」

「我們有好多好多朋友！」小女兒高興的閃爍著喜悅的眼光。

檨

屋邊幾棵半世紀以上的老檨，長年是青苔鳥的大穀倉，幾萬片樹葉上，經常有各種小昆蟲滋生著，青苔鳥一群四、五十隻，一日間來訪四、五回，老檨因此得以保持健康，枝葉暢茂，精神矍鑠。夏秋間，老檨吸足了陽光和雨水，到了晚秋十一月，便迸開了滿樹的花，花梗綠白，細花乳黃，彷彿換了晚秋裝一般。翌年初春三月，檨果纍纍如綠珠，一圈圈的掛滿樹，顯然是換了春裝。仲春四月，檨果大如綠玉卵，老檨越發的盛裝了起來。五月，是晚春時節，春留戀著不肯走，但夏早在月初便夾著熱氣逼來了。老檨在早到的夏氣下，又換了一襲衣飾，檨果漸漸的黃了。

三、四月裡，小女兒時常托起幾乎垂到地面的青檨果，把它們當小寶寶般，和它們說話。

五月中旬以後，檬梢層的檬果先熟，小女兒正在跟底下的青檬說話，一顆黃檬掉了下來，幾乎擦到她的前臂，落在她的腳趾前。

「爸爸，掉下一個黃的，狡古獪，差一點點兒，打著人家的頭哩！」

「噢，來！不要站在樹底下，給黃檬打著了，很痛很痛的喲！」

小女兒於是撿起了黃檬，趕緊跑出了樹蔭外。

「這麼熟了，裡面有很甜很香的肉，老檬樹要送給你吃呀！」

「真的嗎？檬樹真好心！」

於是老父給小女兒洗了手，剝開了黃檬，給小女兒捧著。

「吃吃看！」

小女兒舔了一下。

「嗯，好甜好香哦！」

小女兒吃了幾口，抬起頭來問：「爸爸，檬樹為什麼要送黃檬給我吃呀？」

「你吃吧，吃完了爸爸再告訴你！」

小女兒吃著，驚奇地叫：「爸爸，裡面硬的，咬不動。」

「你只管吃軟的肉，硬的不要去咬它。」

一會兒小女兒把果肉吃完了，嘴箍臉頰，好像塗抹了黃顏料，手指間流著黃色的汁，掌心裡托著果核。

「爸爸，這是什麼？」

「是種子。」

「種子？像小金英一樣的種子？」

「是的，跟小金英一樣的種子。」

「小金英的種子，沒有好吃的肉呀！」

「小金英的種子很小，頭上撐著一把棉花傘，風一來就飄起來了，風一停，就降下去，就在那裡萌芽生根，離母草很遠了。」

「榛的種子，為什麼沒有棉花傘呀？」

「太重了，有棉花傘也不會飛。所以它就用了別的方法，包著好吃的肉，人們吃完了肉，把種子丟開了，它就在那兒萌芽生根，離母樹很遠了。」

「要是沒有好吃的肉呢？」

「種子不會飛，掉在老樹下，被老樹蓋著，是長不成的。」

「爸爸，我懂得啦，是老天造的。」

「一點兒不錯，是老天造的。」

「來，把種子丟了，我們進去洗洗手面！」

小女兒一邊洗手面，一邊不停地問：

「爸爸，大樹的種子一定都有好吃的肉嗎？」

「不一定。有的樹非常大，那個地方沒有人住，有肉也沒有用，它的種子就生得很小了，風一來，就被拋出母樹外去了。」

「那是什麼樹呀？」

「像我們臺灣最寶貴的檜樹就是這樣的。」

「還有別樣的嗎？爸爸。」

「有——只要是沒有人住的地方，樹的種子就要靠自己離開母樹。像桃花心木，它的種子就有一片翅膀；有的樹，可以把種子彈出去，彈得很遠。」

「老天真偉大！」

「老天實在太偉大了！」

停了一會兒，小女兒說：

「爸爸，人家還想吃。」

「今天大概只掉下來一個，也許等一下或者又掉下一個；明天一定會掉下兩個；後天會掉下五個；大後天會掉下十個；以後每天都會掉下三、四十個。」

「哇！那麼多！」

「有那麼多，岸香是吃不完的。」

「吃不完怎麼辦？」

「送給鄰居和朋友呀！」

小女兒拍手笑了。

小女兒看見剛才那顆種子掉在小徑上，回頭跟老父說：

「爸爸，那個種子在那裡不好。」

說著走過去撿了起來，給扔到一邊去。

大概兩個月後，那裡就會有一棵新檨長出，離開母樹遠遠的，是一個很合適的地點。

花蜘蛛

這一陣子，小女兒熱衷於追逐小灰蝶，庭面屋邊，追個不停。

「爸爸，人家要一隻小蝴蝶！」

「小蝴蝶那麼乖，讓牠自由自在飛，不是很好嗎？」

「不嘛，人家要捉一隻！」

「怪可憐的，捉到會捏死的。」

「不會嘛，輕輕捏著，不會嘛！」

「小蝴蝶不比小金英的花大，你玩小金英的花，不玩蔫了嗎？」

「不，人家要！」

小女兒噘著嘴，幾乎要哭出來了，老父不得已，只好試著俯身去捉。小灰蝶像一小片閃爍不定的光，哪裡捉得到？

一天早晨，小女兒在草莓葉上發現了一隻白蜘蛛，拉著老父去看。那是一隻花蜘蛛，樣子像隻小白螃蟹，在大片的綠色中，不仔細看，真像一朵小白花，怪不得半個鐘頭後，牠捉到一隻小灰蝶。

「爸爸，花蜘蛛捉到了小蝴蝶啦！」

「真的嗎？」

「爸爸，我要。」

「怪可憐的，可是那是花蜘蛛捉到的，怎好搶人家的東西呢？」

「不，人家要！」

拗不過小女兒，老父硬從花蜘蛛的虎口裡搶下了小灰蝶。只一眨眼工夫，小灰蝶腹部早已被花蜘蛛吸癟了。放在紙片上，交給小女兒。小女兒拿了放大鏡，效乃父觀察花草蟲豸，一板一眼地審視著，像個小博物家。

第二天，小女兒發現花蜘蛛又捉到一隻小灰蝶，老父只得又扮強梁的角色。小灰蝶剔落時，才發現地面上也有一隻。這花蜘蛛真可怕啊！

這一天，看見小女兒拿了蘆葦稈，在草叢中驅趕，不多久，她蹦蹦跳跳跑進屋來，告訴老父花蜘蛛捉著小蝗蟲了。小女兒在庭邊撒下了外國牽牛的種子，居然出了一株，葉子給尖頭蚱蜢（本地叫觀音）、螽蝗嚙得沒一片完整。這回小女兒用蘆葦稈讓一隻未成年的螽蝗爬著，帶到花蜘蛛停的草莓葉上，在一邊冷眼觀看。花蜘蛛果然攫住了小螽蝗。

「你這個孩子，真是的。」

老父趕緊撿了一塊小尖石，企圖救下這小螽蝗。小螽蝗肚皮胖，花蜘蛛咬得牢固，怎樣也剔不開。用力彈了一下，彈丟了，任找找不到，還是小女兒目光銳利，在另一片草莓葉背上找到。老父嚴重的遠視，戴了眼鏡，才把小螽蝗救了下來。小螽蝗腹邊淌著綠色的血，不能動彈，大概被注了毒液。幾分鐘後，小螽蝗死了。

此地大的蝴蝶已不多，偶爾可見到縞鳳蝶（又名玉帶鳳蝶）、紅紫蛺蝶（老書上叫橙紅蛺蝶）等幾種，小女兒一見就不停地追，在大太陽底下，追得滿面通紅，滿身大汗。男童彈鳥，女童撲蝶，許久以來沒改變過。

「爸爸，花蜘蛛會不會捉到大蝴蝶？」

「花蜘蛛只會騙小蝴蝶，大蝴蝶要大的花吸花蜜，花蜘蛛像一朵小白花，大蝴蝶不會停下來。」

小女兒很感到失望。

「爸爸，小蝴蝶為什麼不像大蝴蝶那樣好看？」

「小蝴蝶太小了，有顏色和白點也好看不起來。」

「爸爸，給人家捉一隻大蝴蝶！」

「下次看到了，捉一隻給你。」

第二天一早打開門，看見一隻縞鳳蝶掉在簷下草葉上，腹部給螞蟻吃掉了一半，用玻璃紙給貼在保麗龍厚板上。小女兒醒來看見，高興地直跳。

小女兒的注意力被花蜘蛛吸引住了，一起床便要看花蜘蛛，後來她發現花蜘蛛每天都捕捉到蒼蠅吃。花蜘蛛永遠停在葉面上，下雨刮風也未必肯躲避。一天，小女兒找不到花蜘蛛，找了許久才發現花蜘蛛吐絲黏合了一片草莓葉，躲在裡面。有整整兩天，花蜘蛛都沒出來過，小女兒說是在蛻殼。

那天上午，父女倆上街市買點兒什物，回來不見了花蜘蛛。小女兒紅著眼眶不言語。

「也許花蜘蛛放長線，趁風飛走了；也許被鳥兒吃掉了。」

「飛走了！飛走了！爸爸，牠怎麼飛呢？」

「大風來時，花蜘蛛放出長線，風就連著長線把牠帶走了。」

「爸爸，把花蜘蛛找回來！」

「也許明天牠就回來了！」

「爸爸，牠為什麼走了呢？」

「爸爸問你，牠為什麼來了呢？」

信

回老家來，幾乎與外界斷了交通，真有點兒像陶淵明在〈歸去來辭〉中所寫：「世與我而相遺。」但到底時代不同了，交通機械縮短了地理，數百公里外的朋友有如比鄰而居，時時的「過來」探望。朋友們一來，幾乎無不左攜右提，帶給小女兒各式各樣的餅餌和瓜果，小女兒在甜食方面或許比城市裡的小孩子們還豐饒。但是朋友們之來有時，交通畢竟時時間斷，倒是書信往來沒有中斷過。

照例每天都有信，多者十數件，少者一、二件。小女兒早已認得郵差先生的機車聲，郵差還未到門，小女兒早站在圍牆門內等待著。郵差先生未必看得到她，圍牆門高出小女兒約有一尺；但是郵差先生曉得她站在那兒，每每把一大疊信件垂到門內。

「小妹妹！」

於是小女兒接了信件，飛跑著進屋來。有一個郵差，身材短些，約與圍牆門同高，還特地下車來，勉強把前臂伸過圍牆門，往往難得達到與地面平行，我在窗內看得他的手臂還微微翹起，小女兒就得提起腳後跟，向上伸直雙手去接。但是小女兒是不答應老父去接信的，因此我只得眼巴巴看著郵差先生這額外的辛苦了。

有掛號郵件，郵差老遠就高聲喊「印章」，但已來不及，小女兒還是早了一步，早站在圍牆門下了。於是小女兒就奔回來拿印章。較大較重的郵件，郵差總是把郵件跨在門上，等我出去拿。有時候郵差有意逗逗小女兒，放下來交給她。小女兒就雙手提著，把郵件靠在膝蓋上，一步步頂著走回來，口裡不停地ㄨㄟˋ ㄨㄟˋ出聲。

有《讀者文摘》的廣告信件，小女兒就先拿到一邊拆開。《讀者文摘》廣告花樣多，內中有印刷精美的圖片，更有他們自用的各種仿「郵票」，小女兒都一一撕去，我要是真用得著，得跟她要回來，還得費一番口舌。信件上的郵票，小女兒倒沒多大興趣，長年沒多大變化，看都看厭了。

小女兒埋怨都是老父的信，沒有人寄信給她。她每天在炎日下熱心接信，一個月或一個多月才接到一次外婆越洋寄給她的包裹。於是她就從下午一直興奮到晚上。

這一天，小女兒忽然跟老父說：

「爸爸，我們回來很久了，都沒有給湖邊的屋子寫信。」

「噢，你懷念湖邊的房子嗎？」

「他會想念我們的，他不知道我們到哪裡去了，爸爸，我們給他一封信。」

初回老家來，小女兒時時會想念澄清湖畔的屋子，說她最懷念臥房裡的大浴室；老父聽了未免感到辛酸。這許久來，小女兒未再提起湖邊的屋子，這一天不知是什麼緣故，又勾起了她的懷念。

「好哇，你唸，爸爸寫。」

小女兒思索著，一會兒說：

「爸爸，就告訴他，我們搬回萬隆，還好。」

「就寫這一句話嗎？」

「再問他好不好？」

於是小女兒說她要給湖邊屋子的信說完了。

小女兒述完了給湖邊屋子的信之後，獨個兒在廳裡玩著。

老父在書房裡寫稿，一忽兒，小女兒跑了進來。

「爸爸，那葉子大大的，開紫色花的，是什麼草？」

「噢，你問的可是湖邊屋子圍牆門邊的紫花酢漿草？」

「就是那種花。爸爸，再加上去，叫屋子問那些花好！」

「爸爸這就添進去。」

「爸爸，再告訴他，這裡我有許多朋友，叫他放心！」

「要不要，爸爸也添幾句話？」

「要！再告訴他要小心，不要生病喲！——爸爸，屋子會不會生病？」

「會的，屋子照樣有許多病，也會變老。」

「我不喜歡他生病，也不喜歡他變老。」

「那當然囉！乖！」

「爸爸，我們幾時去看他？」

「冬天來了的時候就去。」

「再告訴他，我們冬天去看他。」

信（續）

既然答應孩子寫信給湖邊的房屋，哪能不寫？信寫起來並不困難，寄出去卻有困難，先是郵差先生一定會感到迷惑，但既有門牌號，投遞是沒有問題的，只是不免他頻頻顧望一番。

當天就把信寫好了，教我又回憶了一次湖邊生活。當然，信文並不全像一個五歲孩子的語氣，我的寫作慾不免又在字裡行間蠢動著。底下是這封信，包含了小孩子的稚氣和老墨客的痴氣。

屋子先生：對不起，一直沒有寫信給您——我不識字不會寫信，爸爸是識字的——您該記得爸爸那一年在您那兒寫了三本書：《老臺灣》、《臺語之古老與古典》、《田園之秋》——，可是爸爸也沒有寫信給您。對不起，我們都沒有寫信給您，您一定一直都在耽心我們，您一定以為我們迷路了，或許遇到困難了。這麼久了，您晚上一定偷偷流淚，惦念我們吧！實在很對不起，可是我一直很想念您，爸爸也很想念您！我們搬回老家來——噢，我們是搬回老家萬隆村，現在我請爸爸寫這封信，就是要告訴您這個的——，爸爸還回去打掃過一次，爸爸告訴我，他離開時是掉眼淚的。可是爸爸忘記告訴您，我們搬回老家了。我很喜歡您，我不喜歡老家，老家沒有浴池；您那臥房裡的浴室，好大喲！好漂亮喲！在老家，爸爸給我洗澡，我都墊腳站在洗衣機旁，扶著洗衣機，洗衣機還一直動搖呢！老家也沒有電話，現在我也不跟爸爸玩電話遊戲了。可是老家有很多蝴蝶，也有很多鳥兒，更有很多草蟲會唱歌；現在我漸漸喜歡起老家來了。告訴您，我有一個朋友，叫小綠，牠原先是一條綠色的蟲兒，是我把牠養大的，現在牠已經變成蝴蝶，爸爸說是一種粉蝶，是隻蝴蝶姑娘呢！牠天天都飛回來看我，但牠飛向我的臉上來，我總是害怕躲開，爸爸都說我是膽小鬼呢！我不再亂塗牆壁了。還記得，我們搬到您那兒沒幾天，我拿原子筆在客廳壁上亂塗，害得爸爸用了各種方法去擦拭，都沒擦掉，為此，爸爸氣得痛打了我一頓。但是沒隔幾天，我又在臥房壁上塗了一片，又挨了打。不知道是什麼道理，我總愛在您那乾淨的壁上塗寫。實在說，我那時是在學爸爸寫字；可是爸爸寫的字很小，我寫的字很大，而且我寫的實在並不是字，倒很像很多彎彎曲曲的路胡亂拐來拐去。回老家來，我不再塗壁，老家的牆壁，就像曬了很多天陽光的舊紙，一點兒也引不起我的興趣。告訴您一件祕密，這件祕密我一直沒有告訴爸爸、媽媽，今天晚飯後，我第一次告訴了爸爸。有一天晚上，不，我沒說清楚，就是您那間又大又漂亮的臥房，那時爸爸已經睡著了，媽媽也睡著了——不過後來她又醒了。我們睡覺一向是不點燈的——外邊路燈夠亮的了，爸爸總是這麼說；而且房門也不關的，爸爸說關了房門通風不良。我和媽媽睡那張漂亮的彈簧床，我們的腳向門，那時我還沒有睡著，忽然我看見有兩個人站在房門口，很高的身材，並排站著。我害怕極了，我把棉被拉過頭頂，在被裡發抖。媽媽醒過來，問我怎麼還不睡。您說那兩個人是誰？他們怎樣進屋裡來的？媽媽醒來後，那兩個人就不見了。我一直不敢告訴爸爸和媽媽。當時您有沒有看見？也許您也睡著了沒有看見。才回老家來幾個月，許多地方我都記不得了，爸爸問我您屋裡這裡那裡是什麼樣子，我都記不起來了。爸爸說，過一年，我就會通通忘記。可是我不願意忘記您！冬天到了，爸爸會帶我去看您，那樣我就不會忘記。爸爸說，老年人跟小孩子一樣有孩子氣，小孩子也跟老公公一樣善忘。這真是奇怪！爸爸告訴我，他要寫一篇故事：說有個少年善忘，三個月沒見著的事物就記不得認不得了，連三個月沒說過的話也不會說了。他愛上了一個少女，但是他們因事不得不分離一年，他們兩人都很悲傷，生怕三個月以後，少年就再記不得甚至認不得少女了。爸爸要把那個悲哀的情狀寫出來。好在我不是那個少年，我不會忘記您的。那些紫花酢漿草都好嗎？爸爸移了幾株回老家種，都沒有活。老家沒有那樣的草。請代替我向她們問好！我們搬回老家來的前幾天，有一隻報春鳥時常在圍牆上唱歌！爸爸說那隻報春鳥回北國去了，要到秋天末尾才會回來。希望冬天去看您時，也看到牠！您要好好兒保重喔！我很好，爸爸也很好，請放心！北風起時，我們去看您。再見！

第二天，帶了小女兒到鎮上寄了這封信。村子裡就有郵筒，但郵差認得我的字，被認為發了老瘋癲，對我固然不好，對郵差也不好，還是避免的好。

信（續完）

寄了信回家，小女兒問信幾時寄到？老父說大概明天可以寄到，最遲後天一定到。小女兒問屋子會不會回信？老父說大概不會回信。老父教小女兒看看老家，看看有沒有看到手？小女兒找不到手。小女兒說應該有眼睛。老父說也許有眼睛，有人的眼睛一般大就很夠了，像這樣的眼睛藏在屋子的某個地方，人是很難找到的。

畢竟兒童的世界是活物的世界，那裡充滿了生命，小女孩可以抱著布娃娃搖著它睡，小男孩可以對著一粒小石子說話。

小女兒很滿意老父贊同屋子有眼睛，卻不滿意老父持無手的說法。終於她找到了手，小女兒說，那左右窗上的窗簷就是屋子的手，還說它會動。

明天，小女兒說屋子已經收到信了。

「爸爸，屋子現在知道我們在什麼地方了，他放心了！」

「當然，現在他放心了。」

於是小女兒走出庭院，獨個兒玩去了。老父看著小女兒一個人玩，心裡總有幾分難過，那裡陽光、土地、花草、蜂蝶、鳥兒、輕風，抬頭是遼闊的藍天，一切都有了，只差一個同齡的玩伴。但是，她一個人玩著，倒是那樣的純淨。其實人只要有一絲一毫爭執、爭奪、憤怒、傾軋、傷害的念頭，活著就不值得了。孤獨是無上的幸福，那是沒有蚊蠅的世界，沒有虎狼的世界。

後天，小女兒早上醒後，儘興奮著在等待屋子的回信。午後接了一疊信件，一件件給老父看，要找出屋子的回信，小女兒失望了。

「爸爸，屋子怎麼不回信？」

「才第三天，沒有這麼快。」

「明天會不會回信？」

「爸爸也不曉得，也許會，也許不會。」

「會的，會的。」

過了一會兒，小女兒又問：

「爸爸，屋子會不會不回信？」

「不一定。他收到信，放了心就好了，也許就不回信了。」

「他總該告訴我們收到信了。」

「爸爸給人家的信，有不少都沒有回信，甚至寄東西去，都沒有信。」

「是這樣嗎？」

小女兒一天天地接信，一天天地失望。老父倒希望小女兒忘記。但是天天有信件來，只要十天沒有信件就好了。

十天過去了，小女兒終於認定屋子不回信了，便跟往常一樣，照樣去接信件，沒有一點兒有過這回事似的神色，老父看了，不由得不佩服。

約半個月後，這一天小女兒去接信件，蹦跳著跑了進來，說是有位阿姨給她信——小女兒是認得自己姓名三個字的。老父看了嚇了一跳，居然是屋子先生的回信。小女兒聽見是屋子的回信，跟她外婆寄給她洋娃娃一樣的興奮，當然老父得優先唸這封信。

老父唸，小女兒靜靜聽著：

岸香小朋友：復者信有收到了，知道你們沒有迷路沒有被歹徒捉去有所在居住，我非常歡喜。你有許多朋友，真好。你不要怕小綠，小綠和你一樣可愛。你在我的新衣上塗畫，沒有關係，過幾年再換一件新衣就是了。老家的舊衣，你不愛塗畫，佳哉！你問我有看到那兩個人沒有，我寐去沒有看到。大浴室小浴室一樣洗澡，沒有關係。自你們搬走，沒有人搬來住，歡迎你們來玩。紫花酢漿草同樣好，她們問候你。我健康元氣，不必掛念。祝你們好，隨時歡迎。

屋子大朋友　具

看筆跡，又讀過信文，顯然是一位熱心的老先生代寫的信，文中還夾雜了臺語和日語。小女兒聽了信，興奮地一疊問了許多話，一定要老父明天就帶她去看湖邊屋子。老父拗不過，只有答應。

忿罵

若由外人看來，老父必定是發了神經，但小女兒司空見慣，知道每隔幾天，老父就會爆發一陣忿罵。

「爸爸，你又在罵那一批人了嗎？」

老父點點頭。

「老天怎麼不處罰他們？」

「老天管不到。這個世界歸自然律管。」

「自然律怎麼不處罰他們？」

「他們正順著自然律，就像一隻木筏順著寬闊的溪面流去，自然很順暢。」

「爸爸，木筏是什麼？」

「木筏就是用一截截木頭拼排做成的船。」

「知道啦！爸爸，溪面都是寬闊的嗎？」

「不一定。有的地方窄，那裡水急，很危險。」

「那麼這些壞人到了那裡就慘了！」

「是聰明人就不會危險，但壞人都是愚蠢的，一定逃不過。」

「那個時候他們就得到處罰了！」

「就得到處罰了。」

田園生活固然寧靜，但陶淵明還得飲飲酒才能忘懷人世。若陶淵明不飲酒了，那就表示這個人世已變成天堂，壞人絕滅了。他飲得越多越勤，就表示這個人世越是充滿了罪惡。詩人飲酒，是人世的寒暑表。

這一天收到一本贈閱的所謂詩刊，又在村子裡店仔頭買日用品帶回來半張包裝報紙看到一首所謂詩，不由又爆發了一陣忿罵。

「爸爸，你又在罵那一批人了嗎？」

「是另一批。」

「噢，有那麼多批！他們也是壞人嗎？」

「他們是髒人。」

「髒人？」

「很髒，髒得發臭，連他們寫的字都發臭。」

「爸爸，我聞聞看。」

「不值得，髒了你的鼻子。」

陶淵明之前，出了不少詩人；陶淵明之後，也出了不少詩人。現代再出不了詩人啦！庭前那株桂花樹，那是詩人，每到深秋就開出滿樹的花，放出洋溢四周的香氣。這裡任一株樹任一株草都是詩人，它們都會開出花，放出香氣；它們一身是美。不是一副美的生命，怎可能是詩人呢？

憂鬱

小女兒的日子一派天真，老父的日子則不得自在。賴田園撫慰，老父不平的心雖時不免悲憤，時不免憂鬱，幸保得生機未全斷。

「爸爸，你的眉頭為什麼老皺在一起？」

「太陽公公照得太亮了。」

小女兒拿鏡子自照。

「爸爸，我的眉頭沒有皺在一起呀！」

「那是你的心跟太陽公公一樣亮。」

「爸爸的心不亮嗎？」

「不亮。」

「為什麼？」

「爸爸眼看著壞人為非作歹，沒奈他何，自然不會快樂。」

「把壞人抓起來！」

「爸爸要能抓早抓了。」

「壞人都是巨人嗎？」

「都是小人。」

「那不好抓嗎？」

「……」

「叫警察抓？」

老父不由得從憂鬱裡笑將出來，小孩子總歸是天真。若人人都像小孩子那樣天真，也沒有壞人，也沒有憂鬱了。

這一天是陰天。

「爸爸，今天沒有太陽，你為什麼也皺眉？」

「是嗎？爸爸以為太陽光很大呢！」

「爸爸真奇怪！」

小女兒拍手笑了，老父也笑了。跟小女兒談話，陰暗的心底，時時有陽光照進來。

屋角下是老父憂鬱不堪時最能得到撫慰之所在，那裡屋基突出壁外半尺多，靠壁坐著，右手一丈外便是兩棵老檬果樹，巨幹如柱；前面望去，是一片年輕檬果樹林，有多種鳥兒，穿梭鳴唱。只有坐對草木蟲鳥，才得和暖心頭的瀰漫。

「爸爸，你在看什麼？」

「看樹啊！」

「樹說什麼？」

老父在小女兒心目中，是個通鳥語、通樹語、通蟲語、通草語甚至通石語、雨語的靈通者；在小女兒心目中，凡存在都是生命，都有情意，會互通款曲；因為老父是她無所不知無所不能的導師，自然就成了她無所不通的溝通者了。

「樹說……」

「樹是不是說她很漂亮？」

「嗯，不錯，樹說她很漂亮呢！」

「我看樹，真的很漂亮！」

「怎麼不漂亮啊？有那麼好看的樹幹，那麼好看的葉子，當然很漂亮！」

「爸爸，人沒有樹好看，也沒有草好看；我看，人最不好看。」

「為什麼？」

「人沒有好看的顏色。」

「的確是，人沒有好看的綠顏色。人只有烏黑的頭髮。」

「爸爸，樹葉、草葉都是黑色，怎麼樣？」

「那太可怕了。」

「像西洋人金髮呢？」

「那太刺眼了。」

「人也沒有狗好看。」

「怎麼說？」

「小狗毛毛的，多可愛！嬰孩光光的，多難看！」

「你說得是，人最難看，也最不可愛。」

「樹說什麼？」

小女兒認為樹在一邊聽著，該會搭腔說話。

「樹說她不喜歡人；但她喜歡爸爸和岸香。」

「爸爸，問樹最喜歡誰？」

「樹啊，你最喜歡誰？」

「她說什麼？」

「她說最喜歡鳥兒。」

「鳥兒最美麗最可愛啦！」

老父的憂鬱總算暫時和緩了下來，但無法根治。

歌

古詩云：悲歌可以當泣，遠望可以當歸。這兩句詩的確寫盡了人情鬱結的情狀。

老父心裡不舒坦，不免吟吟詩唱唱歌，小女兒要是在屋內，就摀著耳朵跑出去，要是在屋外，就摀著耳朵跑進來；而且一路哈哈笑，搖頭說老父的腔調很難聽。到後來老父竟不敢吟詩唱歌了。

老父久已不敢唱歌，這一天近午，在廚房裡忙著做飯菜，不經意哼了出來，才哼了兩小節，小女兒摀著耳朵跑了進來，在老父跟前又笑又跳，弄得老父不免自覺得滑稽也笑了。

「爸爸，你為什麼要唱歌？」

也許小女兒認為無緣無由唱歌是怪事，歌應該在「節目」裡唱。小女兒只兩個時間裡才唱：一個是在電視機前和著卡通片頭曲唱；一個是她的固定的「向晚節目」，在簷下唱。平時絕聽不到她唱歌。而且她也沒有什麼歌，幾支卡通曲一過時也都蛀節了。

「人快樂的時候唱歌，不快樂的時候也唱歌。」

「爸爸快樂呢？不快樂呢？」

「爸爸老了，沒有什麼快樂了，有的是不快樂。」

「為什麼不快樂起來呢？」

「一個人快樂不快樂全看他的腳。」

「腳怎麼樣？」

「腳輕的人就快樂，腳重的人就不快樂。」

「我的腳很輕！」

小女兒蹦了起來說。

「岸香的腳輕，岸香就快樂了啊！」

「爸爸的腳重嗎？」

「好重噢！因為腳重心就重了。」

「爸爸坐一會兒，會輕一點兒的。」

「當然坐一會兒會輕一點兒，就會快樂一點點兒。」

「爸爸回廳裡坐嘛！」

「飯菜做好了，爸爸就去坐。乖！去玩兒吧！」

臺灣早期歷史記載：三百五十年前，約當荷蘭人時代，西部平原上有百萬頭梅花鹿，森林直生長到海岸。每想起來便油然神往。那時自北而南，山腳下住著獵人頭的生番，沒有人敢走近山，更不用說入山去。山上億兆章樹幹直徑幾公尺大的神木，因此得到保護。現在的阿里山，那時整條山脈覆蓋著直徑兩公尺以上的神檜，黑壓壓的，日本人初回入山，驚嘆為黑森林。這原始大山也令我神往。那時瘧疾與熱帶病嚴格限制著島上的人口，居民得以過著安定的生活。二次世界大戰結束時，島上人口不足六百萬，黑森林才侵蝕了幾個山頭：阿里山、八仙山、太平山；其餘仍舊。平地上固然再無鹿跡，但到處是荒地，人口還算相當稀薄，記得小時候看到人總激起一陣喜悅。三百五十年前不敢奢想，四十年前已成夢境，腳如何不重心如何不沉！美國加州紅杉，賴幾個新聞記者和農人挽救了下來，才得免於絕滅，不然早被砍賣淨盡，私飽貪官、奸商腰袋了。臺東、花蓮兩縣人口合計不足六十萬，你看，海、陸、空，闢了多少通道？山上值錢樹木砍光了礦挖空了，核能發電廠南北一廠廠施設，你知道個中奧祕何在嗎？自然是盡人皆知。實在太賤了，沒有一絲人性教人尊敬！但反過來說，有心人有幾個能夠腳不重心不沉呢？

舞

傍晚時老父總喜歡搬出一張椅子，在簷外的庭面上坐著，看晚霞，看燕子低飛到頭頂上來掠暮蚊。晚霞，小女兒也會看；燕子則很少引起她的注意。她本身就是一隻燕子，翔個不停，只有靜的才能吸引她，一般是動，自然不容易吸引。大概都是老父指給她看，告訴她是燕子。小女兒似乎不大能辨認鳥兒，單是燕子，告訴她多少遍了，有時竟說是麻雀；或許就為的鳥兒是動的。太陽低，燕子也飛得低；太陽高，燕子就飛得高；陰天裡，單看燕子的高度，便約略可知道太陽有多高了。這是很有趣的現象。然而當向晚燕子低飛時，也是小女兒出場唱歌演舞的時段了。老父搬出椅子，坐下來不到幾分鐘，小女兒便帶出一節玩具——多半時候是吃光了的巧克力塑膠筒，交給老父當麥克風，於是節目便開始了。

老父將「麥克風」湊在嘴邊說：

「娟娟小姐要唱什麼歌？」

說著將「麥克風」移過去，小女兒便湊過嘴來說：

「嗯，……唱小甜甜。」

於是小女兒接過「麥克風」，便在簷廊下唱起來了，唱風看來儼然是個專業演唱者似的。唱完一曲，小女兒一本正經地一鞠躬，老父便報以熱烈的掌聲——老父的掌聲很奇特，響如爆竹，震動簷瓦，大概大路那邊都聽得見。

照例一曲唱了接一曲。

「娟娟小姐還唱什麼歌？」

「嗯，……唱咿呀歌。」

其實小女兒唱過小甜甜就技窮了，哪裡還有歌唱？只聽得她咿咿呀呀唱著，也聽不出有什麼曲調。約莫一分鐘，她的第二曲唱完了，老父又報以熱烈的掌聲。

小女兒又把「麥克風」湊過來。

「娟娟小姐還唱什麼歌？」

「嗯，……哼哼歌。」

這回連聲也沒有了，只閉著唇，在嘴裡吟著，聽來竟像蚊鳴。

大概唱過五、六回，實在沒有歌可唱了，便改換節目——跳舞。

「伊莎小姐跳什麼舞？」

「不是伊莎，是小英。」

老父故意逗逗小女兒，伊莎是卡通小甜甜裡的壞女孩，專跟小甜甜過不去，小女兒對她惡感透頂。

「噢，爸爸說錯了，是小英。」

小英是另一卡通的主角。

「小英小姐跳什麼舞？」

「嗯，……拉拉舞。」

老父也不知什麼是拉拉舞，反正小女兒即興舞一場總有名稱。

小女兒的舞樣，大概都是從電視上學來的芭蕾舞，再揉雜些圓舞。小女兒隨意興地舞著，或一隻腳提起腳跟，一隻腳向後翹起，兩手向上斜伸，或突然來一個迴旋；有時小女兒舞下庭來，特意將後腦靠在老父的肘彎裡，翹起一隻腳，大概又是探戈舞樣。

老父則在一邊打節拍。

短的一分來鐘，長的兩三分鐘，小女兒自認為跳完了一節，便停下來，兩手拈起兩邊的裙襬，一腳退後，彎腰向前一鞠躬為禮，老父則報以熱烈的掌聲。

「娜娜小姐跳什麼舞？」

片刻之後老父問。

「不是娜娜，是小英。」

「噢，爸爸說錯了，是小英。」

娜娜是花仙子卡通裡的壞仙女，老父故意再逗逗小女兒。

小女兒舞過十幾場，跳得腮幫兒蘋果樣地紅，這時天也昏暗了下來，老父只得叫停。

「卡通時間到了，我們進去吃飯看電視吧！」

老父一隻手牽著小女兒的小手，一隻手提著椅子進屋去，心裡感到無邊的欣慰。

白天裡，小女兒也有不定時的舞，只要老父哼出古典大曲，小女兒就放下書本、玩具，在廳裡跳起來。唱歌吟詩是不許的，但乾哼古典大曲是小女兒最喜愛的。就中布拉姆斯的匈牙利舞曲小女兒最喜愛，往往哼得老父嘴瘦喉渴，小女兒舞興還一直在上升。

有了電唱機就好了。小女兒還未出生前幾年，一架老電唱機在空田裡焚化掉了。感謝它為我服役十幾年，火是乾淨的，也是神聖的。

當然，朋友們或許不贊成我這遺世獨立的生活，小女兒有機會正式學學芭蕾舞不很好嗎？當然不好！起碼我覺得沒有什麼好。我看著小女兒隨意興地舞著，心裡面感到十分欣慰。從來鼻哼口唱，手舞足蹈，是內在情感的抒發，哪有一定格式？現時的小女兒們學鋼琴學芭蕾成了時興。朋友親戚間，從洋房、轎車競賽起，主婦的時裝競賽，丈夫的職位競賽，接著是小兒女們的學業、技藝競賽。一個小女孩兒，要學鋼琴、學芭蕾、學書法、學繪畫、學作文、學英語、學心算、學電腦，還學速讀，為誰來？為了一家之主的母親來。這新興的家庭小王國暴政，幸得免除，小女兒才得有逍遙自在像個小孩子樣的生活，還能人溺己亦與之偕溺嗎？

皇帝豆與烏嘴鷸

小女兒不知何故，極喜愛種子，一拿到手就種。也許是種子裡蘊藏著神祕的生命，看著一粒小石礫般無生命跡象的死物居然暴出生命來，那種不可思議的驚奇吸引著她吧！

小女兒種過不少種子：穀子、草籽、樹籽，連莖節、塊根也種；但全都給害蟲戕殘了。農藥越兇，蟲害越烈。幾十年前，我童年時代，那時還未使用農藥，種什麼都活；蟲害不是沒有，都是眼睛看得見的，為害也輕；現在的蟲害，其勢兇，眼睛可見的之外，多的是眼睛看不見的，沒有農藥護著，幾乎全不得活。

這回回家來，人老了也懶了，一心只想讀書，別的事物一概提不起興趣，雞也沒飼，豆也沒種，任荒任穢，家園看來像一片廢墟，跟小女兒出入這宅院，有似乎一隻老鹿帶著一隻幼鹿，或者改個更確切的比喻，竟像一隻老狐帶著一隻幼狐，在人境外營野生生活，這老狐不時須得潛入人境中偷雞摸鴨，一日三餐，魚肉菜蔬，全仰給於村中的魚肉擔菜蔬攤，吃那些自己憑自然力無法飼養無法種植，打了針噴了藥的農產品。

這一日清早，在庭中散步，瞥見庭面上暴出一枝三寸許高的豆梗，舉著約有拇指大還帶著豆殼的兩片豆瓣，這分明是皇帝豆（也叫菜豆，又叫萊豆），一定是小女兒在老父買回家的菜色中拈了一粒種了的。

小女兒起床後照例是往庭面跑，那裡有的是她許許多多的寶藏與祕密——到底有多少，她自己也記不清。

不一會兒，她喊著：

「爸爸，哇，我的皇帝豆抽芽了！」

真奇，一夜之間抽出三寸許長的梗！其實是前一天便出了土面了。人的注意力總是極有限，你一眼看去以為全入眼底了，其實是掛一漏萬；真教人樣樣都看到了，你會受不了，會發瘋。

「要好好兒護著，別讓害蟲吃了！」

「爸爸，沒有害蟲！」

「就會來的！」

大約過了三、四天光景，也許過了個把禮拜——老父腦筋早已返歸渾沌，數目字往往漫滅成團——，皇帝豆居然無災無難，吐出近二尺長的長鬚，高舉在空中；底下的葉子才有四片。

老父心裡面得了一個不科學的判斷：大約這皇帝豆也許不為害蟲所喜好吧——記憶中的經驗印象，皇帝豆依稀少見天敵。果真如此，這回這株豆或許種得活了。

小女兒在廳裡玩兒，老父在書房看書，偶一抬頭，看見一隻烏嘴鵯鳥正飛落在皇帝豆株旁。

「嘿！你這小傢伙，可別剪了豆鬚去啊！」

老父不由慌叫起來。

「爸爸，你說什麼？」

「沒有，沒什麼！」

老父趕緊走了出去，站在簷下看，烏嘴鵯就在一丈內，偏著頭看老父，並不飛去。

這烏嘴鬌，自頭至尾，才十公分長，跟麻雀同屬文鳥科，粗而短的喙，頭背黑褐色，脇腹白色，胸前結著一塊褐色布料似的圍兜，像唾承（北方人叫圍嘴兒），或許說它像餐巾更明白些。每半秒鐘全身振一次，頗高的頻率。果園裡有數百株的檬果樹，不肯築巢，偏愛選在庭邊屋角。園中有的是築巢用的草，也不肯用，偏愛在庭面上取材；是這樣天生愛接近人類的鳥兒。牠築巢的材料，最愛用碎米知風草，蓬鬆柔軟又好折取；榕鬚、豆鬚，只要細長惹眼，難免遭殃。看牠頓鼠尾粟、牛筋草，很好玩，半天頓不斷。這皇帝豆鬚，看來牠大有興致。然而牠到底低下頭去，在土面上折取了碎米知風草。

這幾日間，老父不得不格外防護些。不敢告訴小女兒，一經驅逐，怕永遠不敢再下庭來。

又過了幾日，沒發生意外。

「真乖，這烏嘴鬌！」

「爸爸，什麼乖？」

「烏嘴鬌呀！」

老父於是將烏嘴鬌和皇帝豆的事兒告訴了小女兒。小女兒聽了也讚嘆著：

「真乖，可愛的烏嘴鬌！」

庭面上搭高棚，妨礙老父觀星望斗，老父打算搭個離地一尺高的豆棚，樣子也許滑稽，這迷你棚還是實用的；不見那摩登女郎，那迷你裙才有一尺長，不也很管用嗎？

臭錢鼠

小女兒看過了卡通，晚飯卻還沒餵完，還吵著要老父講故事。新近老父編了一則老阿公一則老阿婆的故事，幾乎天天講，實在講厭了，小女兒還是要聽。小女兒真有本等，每次都跟第一次一樣新鮮，只是她已曉得情節的發展，每轉一個情節，她都張大眼睛預期著。老阿公這一則情節多，她便一次次張大著眼睛，興奮地等著故事的轉折，老阿婆那一則沒多少情節，但那老阿婆的滑稽叫她喜歡。

「吱吱吱吱吱——」

故事正講著，門外庭面上忽響起嘹亮而圓美的急促樂音。

「鳥兒！」

「不是鳥兒，是錢鼠，臭錢鼠。」

「錢鼠？」

「岸香沒見過錢鼠。錢鼠也叫鼦鼠，專在土皮下鼦著，吃蚯蚓、土蟲，也許還吃些好吃的草根。」

「卡通有！卡通有！」

小女兒拍手叫。

「卡通有過，好像是小蜜蜂。」

「是小蜜蜂！」

小女兒高興極了，但不一會兒，小女兒疑惑地問：

「不是老鼠，牠是鳥兒！老鼠會唱歌嗎？」

「老鼠當然不會唱歌，錢鼠卻會唱歌。」

「很好聽呢！牠是夜鶯。」

「對，牠是夜鶯。」

《格林童話》裡中國皇帝有一隻夜鶯。

「牠為什麼不再唱了呢？」

「爸爸也不知道，牠高興就唱。」

「爸爸，牠什麼模樣？」

「噢，牠像鴨嘴獸（小女兒曉得鴨嘴獸），但嘴是尖的，很小，才有岸香的手掌長短。」

「都在庭院裡嗎？」

「很久沒看到沒聽到了，爸爸以為絕種了，幸好還在。」

「爸爸，我們出去看！」

開了門出去，果見牠在簷階下爬著，見了人，吱吱地一鳴，便躲入草叢裡去了。

小女兒太高興了，蹦跳著說：

「牠是夜鶯，牠不是老鼠。」

入屋內後，小女兒問：

「爸爸，為什麼叫牠錢鼠，爸爸又罵牠臭錢鼠呢？」

「人們說：夜裡有錢鼠入屋，便有錢進來，因為牠的鳴聲像錢聲就叫牠錢鼠；人們都很喜歡牠，但小孩子們都說牠身上臭，其實臭不臭，爸爸也記不得了。」

的。

「牠是夜鶯，不是錢鼠。」

「是的，我們就叫牠夜鶯吧！」

一連幾晚——都在初晚時候，這隻錢鼠都來唱一、兩回，我猜，牠是新近遊徙而來的。

這一天早晨，開了門走出庭面，卻見錢鼠躺在地上，肚皮上開了一個窟窿，顯然是附近的野貓幹的。這回回家，連貓狗也沒有飼。四周圍，到處是野貓；也有一條老癩皮狗，據說是鄰村人家趕出來的。

小女兒起床後，我們父女合力將錢鼠掩埋了；小女兒挖地洞，老父給斂了進去。小女兒紅著眼眶罵那隻野貓。老父禁不住立正向躺在地裡的錢鼠舉手敬禮。

「爸爸，你怎麼向錢鼠敬禮呢？」

「一個『人』活了一輩子，沒有做過壞事害過別人，還唱好聽的歌兒給人家聽，死了，不值得敬牠一禮嗎？」

小女兒聽了老父的話，也舉手向地裡的錢鼠敬禮。

其實老父所以向錢鼠敬禮，除了感謝牠之外，還有兔死狐悲的情愫。牠是生物，我也是生物，牠死了，我也會死。一個人活了一輩子，死時沒有一個人動感情，這是淒涼的；只要有人動感情，這就圓滿了。這錢鼠，有兩個人動感情且敬牠，牠這一生，也就真正得了結束了。

講故事

「山下住著一個老公公，頭全白，鬍鬚全白，牙齒全掉了，彎著背，拄著拐杖，上山去採野木耳。第二天一早，老公公揹了野木耳，上城鎮去賣。太陽公公陪著老公公一路往前走。老公公走到了城鎮，太陽公公也走到了城鎮，掛在城鎮的天空上。老公公賣過了野木耳，糴了一袋米，買了半斤花生米，幾兩鹽，幾兩糖，一罐菜籽油，幾尾鹹魚。老公公跟太陽公公分了手，老公公向東，太陽公公向西，各自走回家去。走過一個村邊，一個農夫送了老公公一把小白菜。太陽公公快走到家門口了，累得滿臉通紅。老公公回頭跟他揮揮手。太陽公公告訴老公公，前面小心，有隻野貓，有隻野狼。老公公點點頭。野貓來了，躲在小路旁的草叢裡，探出頭來。『老公公，你頭髮全白，牙齒全豁，你的背挺不直，我要欺負你，搶你的鹹魚吃！』老公公不理睬，舉起拐杖揮去，打在野貓鼻頭上，野貓痛得喵喵叫，逃入荒野裡去了。野狼來了，躲在樹後，探出頭來。『老公公，你頭髮全白，牙齒全豁，你的背挺不直，我要欺負你，我要吃掉你！』老公公不理睬，舉起拐杖揮去，打在野狼鼻梁上，野狼痛得汪汪叫，逃入荒野裡去了。太陽公公高興地微笑著走進門去了，老公公也走到了家門口。一隻野兔蹲在老公公家門口，在那兒洗面。『老公公你回來啦！』『乖，這小白菜你吃！』老公公卸下了背包，趁著天還沒全暗，升起竈火來煮晚飯，山上的動物們看見煙，曉得老公公回家了。第二天，天剛發白，一隻松鼠從屋角上蹓下來，在老公公枕頭邊吱吱叫。『噢，你真早！』老公公在枕頭下摸著，摸出了幾粒花生米，松鼠接了過去吃了。太陽公公探過山坡來，老公公又上山採野木耳去了。」

「爸爸，老公公的頭髮怎麼全變白了？」

「噢！山中的鹿、熊、貛、蛇，許多年也會出一隻白的，這表示稀有。人活到七十歲，也是稀有，自然頭髮就變白了。」

「爸爸，老公公怎麼沒有牙齒？」

「噢！老公公年紀大了，不會再長高，身體也像一輛用舊了的車子，不大能活動，做不了多少工作，也就用不著有好牙齒來大吃東西。而且老公公人老了，性情也慈善了，沒有牙齒才顯得不兇惡。」

於是小女兒齜起牙咧起嘴，裝著要咬老父的樣子。老父連連搖手喊「怕」「怕」，小女兒得意地笑了。

「爸爸，牙齒可怕嗎？」

「老天生人的牙齒有兩個用處：一個用處自然是用來咬來嚼；另一個用處是老天用牙齒來打扮人的嘴；你看年輕人牙齒白得像玉，整整齊齊排列著，不很好看嗎？但是人漸漸老了，牙齒變黃了，而且不免用壞了幾個，也不整齊了，那第二個用處沒有了，只剩了第一個用處，這不很可怕嗎？不如全掉光了更好。老公公就是這個道理沒有牙齒了。」

「爸爸，老公公背怎麼彎著？」

「人和樹都是直直站在地面上的，地心引力怕萬物掉出太空去，便緊緊的一樣樣拉著，樹幹是硬的，人的背是軟的，長久以後就被拉彎了。」

「地心引力真傻，不會給人放鬆一點點兒！」

「地心引力不敢那樣做，萬一人飛出去了怎麼辦？」

「會飛出去嗎？」

「當然會！地球轉著，時時刻刻都要把萬物扔出去，地心引力就緊緊地拉著。」

「老天真偉大！」

「老天是真偉大！」

停了一會兒，小女兒要老父接下去講老阿婆的故事。

「那老阿婆，還剩有一顆門牙是不是？」

「是啊，那老阿婆很古怪，剩一個牙齒掛在嘴中間。」

「就是還有一個牙齒掛著，老阿婆性情並不慈善。」

「老阿婆真傻，麻雀下來吃飼料，她打雞箒，麻雀嚇跑了，雞也嚇跑了。」

小女兒說著哈哈笑。

鄉下人家，照例都養雞養鴨，老太婆看家，手裡常拿著一枝雞箒——一截竹子，剖碎了，留著兩三節不剖，當把柄，打在地上，發出嘈雜的響聲，用來趕走雞鴨，以免在庭面上屙屎。（這雞箒的箒，臺語唸ㄑㄧㄥˋ，字典唸ㄐㄧㄤˇ，應該唸ㄑㄧㄤˇ。）

老父編這老阿婆的故事，老阿婆的造型奇特，大大吸引了小女兒的興致；而且這老阿婆性情孤介，連村裡的小孩子們走近庭來都打雞箒，嚇得小孩子們像雞鴨一樣的奔逃，小女兒尤其喜歡這一節。

「老阿婆那個牙齒什麼時候掉下來？爸爸。」

「她的性情像老阿公那樣慈善的時候就掉下來了。」

「哈哈！」

「哈哈！」

雖然這故事講了上百遍，講得生厭了，看見小女兒開心地笑，老父也不由得跟著開心地笑起來。

梅雨

今年梅雨來得晚，又煞得早，大約五月二十五日才到，六月初十就結束了。南臺灣在半年旱季之後，極端盼望一次溫善的甘霖，好讓大地透溼得淪肌浹髓，以迎接初夏豐溢的陽光，迸發出不可夭遏的生機。

這梅雨對於整個大陸、韓國、日本、琉球和臺灣北部未必真有益，對於南臺灣，乃是一場不可否認的設計。

雨開始下，頭一天刺探似的，落落停停；第二天起便綿綿的來了。起初小女兒十分高興，禁不住跳出簷外，兜個半圈，再跳進來。

「爸爸，地面太乾了，老天澆水下來。」

「奇怪不奇怪？」

「奇怪！」

小女兒好像忘記了曾經看過雨，彷彿這是她出生以來頭一場，所謂大旱之望雲霓，小孩子無意識中也有了這種渴望。

連續下了一整天，小女兒沒法兒出去玩兒，儘纏著老父。老父卻愛這和馴的雨腳，搬出了椅子，坐在簷內看。玩具玩兒也玩兒夠了，故事講也講膩了，小女兒就跟著老父在簷內看。

「爸爸，老天還沒澆夠嗎？」

「還早呢！我們這裡有半年多，正好七個月，有兩百多天沒有下過雨，土地乾到了地心，要許久才澆得滏透。」

「還要幾天？」

「本來要三十天，這次來得遲，頂多二十天。」

小女兒噘著嘴。

「你沒看見草很高興嗎？」

小女兒審視草。

「真的，草很高興呢！」

小女兒精神來了。

「乖，小草，你們高興，我也高興！」

說著蹲了下去，伸手摸簷階下的草，給簷霤滴了一頭。

「狡古獪，澆溼了人家頭髮啦！」

「雨以為頭髮是草呢！」

「哈哈，雨好傻喲！不曉得是頭髮！」

小女兒得意地笑著。

「爸爸，雨也澆石頭呢！」

「石頭底下有草的種子，有了雨水就會發芽。」

「真的嗎？」

「當然是真的，雨一點兒也不傻！」

「雨也很聰明。」

小女兒兩邊評判，傻歸傻，聰明歸聰明。這倒好，大人往往拿一邊抹煞一邊。

小女兒天天跟老父在簷下看雨，制不住她時時踏一隻腳出去，又急急縮回來，跟雨與簷霤比鬥。小女兒自以為伸縮得快，絕對滴不到，但再快還是滴到幾滴，越是滴到，越是不服氣，就跟聽故事一樣，玩兒上千百遍也不膩。

有一天小女兒看雨看得出奇地安靜，老父正疑惑著，小女兒忽問：

「雨說什麼？」

「雨說話了嗎？」

「爸爸，你聽，雨一直在講話，沒聽到嗎？」

「聽到了，的確講個不停。」

「它說什麼？」

「它們在說，它們從南海，從很遠的南洋來，為的是愛臺灣的土地、草、樹、蟲、鳥和人。它們聽說這裡太乾燥，都快沒有水了，大家就一起趕來。」

「誰告訴它這裡乾了？」

「是最後一批東北風告訴它們的。它們央西南風一路送它們來。」

「雨，謝謝你的好心！」

小女兒一臉虔敬的表情對雨說。

約十天之後，石灰壁上的白石灰因溼氣膨鬆了起來，好像長了一公分厚的白霉。小女兒很詫異，拿了枝小蘆葦稈去刮，刮得興高采烈。

這一日，梅雨快近尾聲了，雨隙也多了，老父指給小女兒看：

「岸香，你看那隻麻雀！」

「啊，黑的，哈哈！」

「好滑稽！」

「真滑稽！爸爸，牠怎麼變黑了？」

小女兒每天都偷偷地在庭面上的某個角落撒些米給麻雀吃，梅雨期一有雨隙也不忘記。

「連麻雀都發霉了，可笑不可笑？」

「很可笑！哈哈！」

小女兒喜歡盡情地哈哈笑。

「其實麻雀身上並不會發霉，那是屋頂上的瓦發霉了，牠在瓦溝裡鑽出鑽入，就擦得滿身黑，哈哈！」

連老父也禁不住笑。

老父對這梅雨是一心的歡喜，不厭它來多久，它把這一帶輸足了水分，好承受即將來到的盛夏的酷熱，且讓這一帶的植物有超量的血液用以攫取那無邊豐沛的陽光。

桑葚

梅雨過去了，小女兒又回到庭面上活動了。她那細白石連綴而成的圍城，小扁石豎成的一寸碑，細枯枝插建的寨，隨處埋藏在砂裡的一元錢銅幣、紅項珠、白鈕釦，一寸直徑半寸高透明的糖果塑膠筒蓋的量雨計，給長期的梅雨，打毀的打毀，埋沒的埋沒，浸爛的浸爛，小女兒忙著去尋找和重建。

「爸爸，雨狡古獪，人家的寶石和金幣都找不到了。」

「不會流走的，都埋在砂裡，慢慢兒找。雨跟你玩藏寶的遊戲，你不要輸了，要好好兒找出來！」

「岸香不會輸！」

只見她熱心的翻找，卻只找到了一顆紅項珠。小孩子沒有耐心，一會兒工夫，注意力與興趣就轉移到別的地方去了。

約費了一週的工夫，小女兒重建了她的庭面，部分寶藏似乎就那樣永遠埋沒不見了。

這一日午後，白日為浮雲所蔽，小女兒在外面玩兒，忽驚慌地跑進屋來。

「爸爸，蟲！」

「又不是沒見過蟲，怎麼這樣怕？」

「天上掉下來一隻蟲。」

老父跟小女兒出去看，果然是一隻烏黑大毛毛蟲，約一寸長有小指粗，前段三分之二烏黑，末段三分之一烏紅。老父患有嚴重遠視，只能看個大概；但依稀看見烏紅的尾部伸出一條綠色的刺。這就怪了，有尾刺，不可能配的綠色。走進去拿出眼鏡戴了看，不禁笑出來，原來是桑葚，不是蟲。

「一定是白頭翁飛過，落下來的。有沒有看見鳥兒飛過？」

「一隻鳥兒，從那邊來向那邊飛去。」

「不錯，一定是白頭翁，牠們在西邊找到桑樹。這是桑樹的果子。」

老父伸手撿了起來，小女兒不敢碰它。

「好不好吃？」

「當然好吃！白頭翁帶回去餵寶寶的。」

「鳥寶寶吃不到了？」

「多得是，到處有漿果。」

現在屋邊果園地北邊，從前有棵桑樹，樹頭有幾十年了，也許比拓荒年代還久遠，年年被砍，年年長新，這次回來已不見，也許枯死了。再向西，村人的地沒見有桑，不知道這白頭翁多遠去採擷來？這顆桑葚太寶貴了。

「爸爸，我們不要吃它。」

小女兒見籽就種，這回得到這顆稀奇的桑葚，當然很誘引她，老父假裝糊塗。

「為什麼？」

「種成樹呀！人家要看它是什麼樣的樹。它會結很多這樣的果子，就有很多果子吃了。」

「叫桑葚，這毛毛蟲的名字叫桑葚。」

小女兒笑了。

「你這毛毛蟲，嚇我一跳！」

「拿去看看！」

小女兒還是不敢碰，往後倒退了一步。

「還怕嗎？」

「怕，有許多毛，它是毛毛蟲。」

我們父女一同找了一個合適的地點，將桑甚扔入草叢裡，鳥兒看不到，機緣交會，那裡就會長出一棵久已不見的樹來；對於小女兒來說，就會長出一棵未曾謀面的樹來。

野漿果

桑葚才投入草叢下的第二天，小女兒就問樹苗出了沒有，其後天天都問。小孩子沒有耐性，這表示兒童的生命力像時間，一瞬也沒停頓，耐性表示時間停頓，也是生命力中止，老年人生命力衰微，耐性就相對地大了。當然有些事業要耐性來成就，得把時間扣住才成，這是另當別論。

老父想，不如索性帶小女兒出去找尋桑樹來得直捷，不然要小女兒眼看著這顆桑葚發芽、生長、開花、結果，豈不已長成 little woman 了？

梅雨過後，正逢夏至，盛夏的陽光針般刺人，小女兒又照例晏起，而且晴雨無定，梅雨看來像隻貓，依舊蹲在閩浙一帶，不時的還把尾巴掃過臺灣海峽來，要選個好時間出去，倒也不十分容易。

這一天下午剛下過了一陣雨，日頭已斜西，夏雲還連袂遊蕩著未肯散。這真是好時會，雖然日頭剛洗過一把臉，面皮淨得透著溶溶的水光，白得刺目，但諒那夏雲再也不肯讓它多露臉，於是我們父女便出去了。

「爸爸，剛剛下雨，草葉上的雨水，很快就乾了。」

「太陽公公剛飲了一陣雨，那落下來的陽光還是熱得很渴呢，就把草葉上的雨水全舐乾了。」

「月亮永遠不會口渴。」

「月亮像個好姑娘，性情柔和，怎會口渴呢？」

「太陽公公很久沒給人家禮物了啊！」

「也許近來他沒有錢給你買禮物。」

「太陽公公會沒有錢嗎？」

「好人時常缺錢，沒有錢。」

「咦，這是什麼？爸爸，好漂亮喲！」

「噢，那是野番茄。」

「能不能吃？」

「當然能吃！」

這裡果園間小陌路旁竟然有一排小野番茄，不知是兒童吃過撒的種子，還是鳥兒吃過撒的種子；大概是鳥兒播種的吧。摘了一個半紅的給小女兒吃，雨剛洗過，不用耽心有蛛絲不潔。

「好不好吃？」

「不好吃！」

「要蘸了梅子粉才好吃。我們把紅的摘回去，爸爸給你做番茄醬。」

出門時小女兒佩了她的小掛袋，此時她摘下小野番茄，一粒粒放入掛袋裡。老父在一邊看，彷彿看到了一場採收，彷彿小女兒已經長成一個田園姑娘似的。這倒是好的，這一大把年紀，追尋了一輩子人生的意義，能夠轟轟烈烈給人世做一番事業固然是好，但對本人來說，會有比一片永遠安祥的心境更好的成就嗎？會有比這個更有意義的人生嗎？

小野番茄若是種在庭院裡，可算得是很可愛的觀賞植物，但在這引不起農人看一眼的陌路旁，任其凋落，化為腐土，不如把它的本株辛勤收集下來的陽光，採回家吃了的好。

父女一路的走下去，順著阡陌轉，有時候還闖入新栽果園裡。小女兒的小掛袋早已裝滿，小野番茄而外，有刺莓、紅梅消、龍葵、泡泡草（苦蘵）、野葡萄（毛西番蓮），以上是可吃的；還有不能吃的：山葡萄、黃水茄、倒地藤。老父給分成兩格放。

小掛袋裝滿時，天色不覺已向暮。小女兒餓了，老父從口袋裡掏出餅乾來；渴了，老父從肩膀上卸下水壺來。

我們父女歇腳的大石旁那棵果樹上，一隻公樹蜥蜴爬在橫枝上一起一伏地作威，小女兒眼尖，哇的一聲，撲入老父懷裡。

大略計算，約莫已走了兩個鐘頭，兩公里路。一個才滿四歲多的孩子，算得是挺健足的了。於是老父揹起小女兒，望回程向東走，小女兒在老父背上回頭跟紅紅的太陽公公揮手說再見。不多久，小女兒那嫩頰貼在老父的肩項間睡著了。落日顯已沉入地下，南北太母山峭壁上的紫也漸漸褪成灰，上弦月在頭頂上，已預為這片田園掛起了一盞上半夜的燈，下半夜自有萬點星火接照。

我們到底沒找到桑樹。那隻白頭翁是哪裡採到的桑葚？在這方面，兩條腿腳自然賽不過兩扇翅膀。剛開頭小女兒一直指著各種樹問，後來一路採野漿果，就忘卻了；老父也跟小女兒一樣忘卻了。人的目的往往在半路上迷失掉。人生果真是一場遊歷，遊興隨處誘發，有幾個人到達了目的地呢？

祖母

有兒童就有祖母，有祖母就有兒童，就像一棵植物有根部和枝葉一般。

祖母喜歡熱鬧，長年愛住在城鎮裡，但實情是離不開金孫。老父時常揶揄祖母，叔叔若肯把孩子送回老家來住，祖母永遠也不會去城鎮住了。祖母的金孫全身都是真金打成的，不整日看顧著，生怕被人家偷敲了一角去。

但是祖母有時候還是會回老家來看看。

「岸香！」

「爸爸，阿媽回來啦！」

老父跟小女兒歡頭喜面出去開油漆剝落了的鐵門。

照例祖母手上總帶有幾樣「等路」，無非老式的糕餅之類，有時候外加一件玩具。

小女兒吃慣了西式甜點，對老式的糕餅沒多大興趣；可是祖母的玩具卻格外合她的意，都是小物件，會跑會轉的。有時候出人意外，竟給小女兒帶回來大玩具槍，電光之外還有多種變化的答答聲。

「放著草長成這個樣子，像沒人住的宅院似的！」

小女兒仰頭瞅著老父。

「爸爸，你又皺眉了？」

老父搖搖頭苦笑。

每次祖母一回來，老父就為草發愁。

祖母放下了包袱，回頭走出庭面，蹲下去拔草。

「阿媽，不要拔草嘛！」

「跟你老爸一鼻孔出氣！庭面長草成什麼話！」

小女兒護著一株小狗尾草哭。

「留著這小狗尾草不拔吧！」

「吃大人飯拉孩子屎！」

一個半鐘頭後，原本像一個多髯漢似的庭面，淨光光，只剩兩道濃眉——剩簷下一小片草莓，庭邊一小撮雛菊。

第二天一早，祖母愉快地回市鎮去了。

宋人詩云：「讀書之樂樂何如？綠滿窗前草不除。」平生最愛這兩句詩，但是讀書人中少有人有此福。

「爸爸，阿媽為什麼要拔草？」

「農家跟草結了深仇。」

「草不對嗎？」

「是農家不對。人類太貪心了，跟什麼都成仇，甚至人跟人都成仇。」

蜥蜴

一個族類的生物中，總有那麼一個特立獨行的個體：一個群落中的草，就有那麼一株格外秀出；便是一堆無生命的石頭，也有那麼一個格外搶眼。

臺灣話，蜥蜴叫土磴蛇，又叫四腳蛇；去掉了四肢，是道道地地的蛇一點兒不錯。庭面上，圍牆上，大的、中的、小的，隨時可見，映著陽光，閃爍著變易不定的光彩，因此牠的名字才叫易（現在寫做蜴）。

「蛇，蛇進來啦！」

小女兒在廳堂裡驚叫。

老父趕緊跑出書房。

「是大蜥蜴，不是蛇，不要怕！」

就是這隻大蜥蝪，三番兩次想溜進來。

看見大人，牠一溜煙逃出去了。

「下次再來，格殺勿論，你給我記著！你們討食場在外面草地上，你入來幹啥？」

老父指著那隻大蜥蝪申斥。諒那大蜥蝪也聽不懂，但老父是真的動了氣。只要小女兒不嚇著，老父就無所謂。

「爸爸，牠進來做什麼？」

「噢，牠鼻子靈得很，牠聞見了滿屋子裡蟑螂臭，牠想進來吃蟑螂。」

「吃掉蟑螂很好呀！」

「好是好，你怕不怕？」

「怕。」

「那就不好了。你蟑螂也怕，蜥蝪也怕，這一樣換那一樣，小怕換大怕，怎麼行？」

小女兒幾乎任何活物都怕。其實，老父也不見得穩如泰山，一隻蟑螂落在身上，就急得大跳。生命怕生命，這是生存本能的警覺。

下午，小女兒又驚叫：

「爸爸，蛇在房門口。」

老父又急急趕到。又是那隻大蜥蜴，看見大人，先是急得往房門上爬，門板滑，才爬上去又跌下來。陡的，牠看見了門底下有隙縫，牠背脊有三公分厚，門縫才有一公分，竟然往門縫鑽，想踩住牠的後半身，又嫌惡，一猶豫就鑽過去了。

打開房門，怎樣也找不著。

「糟！」

老父生怕牠爬上床，驚嚇了小女兒，不論晚上或午後——小女兒起床四小時後就得睡一會兒晝覺。

不得已，只有大開房門，讓牠自行出去。

父女約好了，整個下午都不去探看臥房。小女兒權在書房裡午睡。

晚上睡覺時，小女兒不肯入臥房，耽心大蜥蜴還沒出去。

「不要怕，爸爸有法寶！」

「爸爸有什麼寶貝？」

「爸爸講個故事給你聽，有個胖女人睡午覺，白天沒有蚊子，當然沒掛蚊帳，那胖女人一睡著了，就打起鼾來。」

「什麼鼾？」

「睡覺時跟豬八戒一樣，張開大口，出很大的聲音叫打鼾。一隻老鼠不知什麼緣故，白天裡爬在屋頂下，聽見底下的大鼾聲，嚇了一跳，掉下來了，正好跌進那胖女人的口裡。胖女人一驚醒，把老鼠吐了出來，那隻老鼠真倒霉，早給那胖女人咬死了。」

「哈哈！」

「所以說嘛，爸爸有法寶。」

「什麼法寶？」

「就是我們睡覺時掛的蚊帳啊！」

「蚊帳是寶貝嗎？」

「當然是寶貝囉！有用的東西，樣樣都是寶貝。有了蚊帳，蚊子叮不到，神仙的法寶也沒這麼好。蚊帳的好處多著啦！阿媽常說：一領蚊罩遮九重風，掛著蚊帳睡，不大會感冒，老鼠也不會掉在嘴裡；只要四周圍塞好，大蜥蜴就進不來。」

「爸爸跟人家一起睡！」

「好！好！」

蚊帳掛好後，周邊格外用心塞好壓好，小女兒幫老父構築工事，父女都覺得很滿意。

「大蜥蜴也許出去了，就是沒出去，也一定爬不進來。」

「爬不進來啦！」

「安心快快睡吧！」

「爸爸給人家哼搖籃曲！」

「好，爸爸哼！」

待小女兒睡熟了，老父鑽出蚊帳下了床，又著著實實塞好壓好。

「你驚嚇著了，定規陵遲處死，給我聽著！」

老父居然像個痴騃的莽夫對著整個臥房威嚇。

一夜無事。

第二天小女兒跟老父談蜥蜴。

「爸爸，蜥蜴為什麼有腳？」

「牠身子太短了，做隻沒腳的蛇走不動。」

「蛇變短呢？」

「就得通通有腳。」

「真奇妙！」

那隻蜥蜴也許早就出去了，隔天又有一隻一樣大小，又想溜進來，大概就是牠。

西北雨

時序進入七、八月，這近山一帶幾乎每日午後都有一場驟雨。閩南人驟雨叫西北雨，雨卻未必自西北來，這是很奇怪的名稱，一向困惑了不少方言專家。其實西北雨這一語詞是夕暴雨的訛音。西北雨，驟起驟歇，自下午二點起至四點；或向後移，自四點至六點；有一年全打暗西北，時間在上半夜。這種驟雨來得驟去得也瀟灑，從不藕斷絲連，拖泥帶水。

祖母回來把庭面的草拔得精光，老父未免不勝落寞之感。但西北雨勤勤的來，像彩畫家一筆筆的抹，綠意越抹越濃，老父也就一天天快活起來。

小女兒出生以來，這是第五個年歲，今年算是首次接觸西北雨。頭一天烏雲四合，在低空旋捲，老父想把小女兒牽入屋去，但小女兒略無畏狀，寧願在簷下看。西北雨不止烏雲翻騰可怕，雨勢大可怕，最可怕的是接二連三的霹靂，聲光齊發，電光閃處，霹靂貫耳。

「我們進去，霹靂就起了。」

「霹靂是什麼？」

正說著，一道閃光⚡自雲中直貫入地，霹靂即時打到。小女兒毫無驚嚇，只聳了個身。

老父把小女兒強行拉入，又是一個⚡霹靂。

「這就是霹靂。」

於是暴雨砂礫般隨暴風掃來。

⚡霹靂。

「爸爸，」

⚡霹靂。

小女兒摀著耳朵跟老父笑，她的問話被霹靂打掉了。

「爸爸，」

ㄣ霹靂。

「狡古獪！」

ㄣ霹靂。

暴風雨打得屋瓦上如萬馬奔騰，屋外一片白茫。

ㄣ霹靂。

一場西北雨，除去烏雲四合的序引占半小時，尾聲占二十分鐘，自第一個霹靂至最後一個霹靂一小時十分鐘，七十分鐘之間，少說也有一百六十起，平均每分鐘兩個半霹靂。見到電光，已來不及掩耳，你得一直摀著耳朵才行。摀著耳朵也沒用，屋子震撼，胸腔也震撼，心臟在胸腔裡像鐘擺，你壓不住它，它一連二，二連三打來，心臟就在裡面顫擺。連又聾又瞎的人，它也讓他感知它來了。它在摧陷廓清，它在掃蕩。頭幾個霹靂實在難受，心臟搥得確實有點兒痛，但十幾個過後，你會覺得痛快，打一個霹靂，你的生命就有一寸的擴張或解放，筋骨肌肉無限的暢快調達；打十個就有一尺的擴張；連頭腦也在逐漸擴展。愛聽古典音樂的人這種經驗是常有的，當大管絃樂器悉力齊發時就感到了。人們愛聽貝多芬的《命運交響曲》，可以說這種體驗是唯一的引誘。但貝多芬

《命運》的效果，約當這西北雨的十分之一，實在太痛快。《命運》的愛好者應該經驗這西北雨幾場，不然未免枉費此生。只有近山才有這西北雨。

「爸爸，為什麼……」

ㄣ霹靂。

「雷公在催大陣的雨。」

ㄣ霹靂。

「像大草原上驅趕遍野的牛羊。」

老父來不及詳細解釋，小女兒未必聽得懂。

ㄣ霹靂。

「千千萬萬隻牛羊狂奔。」

ㄣ霹靂。

「大雨像千千萬萬隻狂奔的牛羊……」

ㄣ霹靂。

「從雲上面被雷公趕下來。」

「爸爸，」

霹靂。糟，大廟脊梁末端翹起的龍鬚被擊中了。

霹靂。

霹靂盡在五十公尺半徑內轟擊。

把小女兒抱了起來，在屋內找個較安穩的立腳點。最後決定站在書房門的門限上。

霹靂。

「爸爸，」

「不要怕！」

霹靂。

「不怕！」

霹靂。

霹靂。

霹靂。

雷公在盡職作業。

暴風雨在盡力灑掃。

鄰居的瓦屋，庭外的草木，看來顯得又驚懼又歡喜，瓦面洗刷得無纖埃，草木清潤如翠玉。

當這一陣西北雨過去，小女兒將有許多話要問。

《命運》還一直在敲門，老父拿腳拇指在門限上打節拍。

大地

祖母拔除過的庭面，不半月已有二寸綠，一個月後早已恢復舊觀，又是一片全綠，大小蜂蝶和鳥兒都回來了。

小女兒在庭面上玩兒著，忽然跑進屋來告訴老父說：

「阿媽輸。」

「阿媽輸什麼？」

「爸爸，你看，草都回來啦！」

「噢，這個嘛！全人類都輸，阿媽哪會贏？」

自五月下旬一段梅雨，沃得這片田園復活，這時節上午是一場大炎日，下午是一場大豪雨，閉了眼，也可覺得到大地生氣蓬勃。地球原就是一團生氣，在這無生氣的宇宙中，它是個異次元，它是這個存有中的活存有。庭面自不用說，田野間你走出去，彷彿給蓬蓬勃勃的生氣浮托在空中似的。

下午，每當西北雨的腳步剛離去，老父就牽了小女兒，踏著一路的雨珠，走向田野。

農家的地都種成了果園，視野侷促。老父喜愛遼闊的視景，好遊目騁懷。我們走向大蔗區新斬了蔗肄的空田，只在村莊外，不很遠。

一天天的去，那空田上留的二年蔗，新蘖出得快，沒幾天，已出一、二尺高。這田野的生氣，老父當然是副最靈敏的感應器，一絲一毫無不真切地感覺到。小女兒自從發現祖母輸之後，也注意到二年蔗。

「爸爸，他們輸。」

在整大片的大地上，誰能贏？沒有人能贏得過大地。

「噢，這回是他們贏。」

「他們輸！」

於是老父給小女兒講解人類怎樣地把大地當隻生蛋的母雞，撿牠的蛋吃。

「噢！」

小女兒聽明白後，笑了。

「大地真傻！」

小女兒接著說。

「有一個人，只知道做好事，不曉得做壞事，不停的一直把好事做下去，這個人傻不傻？」

「傻！」

小女兒說著又笑了。

當然，一種機械性的行為，看來是沒頭腦的。

「傻大地！可愛的大地！」

小女兒蹲下去摸著地面說，然後吃吃地笑，抬起頭來看老父。

老父報以會心的一笑。

田野

一場西北雨之後，我們父女又來到二年蔗地，半裸的沙石田地上有不少涉水鳥。

旅行望遠鏡早因溼氣生霉不能用，老父帶了一副七十元錢買得焦點定死的玩具望遠鏡，近距離還相當可用。小女兒搶著看，但不多久興趣就轉移開去了。

老父正看得入神。

「那是什麼？」

小女兒翹起鼻子問。

「那是青草味。」

「那是什麼？」

「那是雨水味。」

「那是什麼？」

「那是泥土味。」

「那是什麼？」

「那是日光味。」

「日光有味嗎？」

「有呀！」

「那是什麼？」

小女兒側耳問。

「那是鳥歌。」

「那是什麼？」

「那是蟲歌。」

「那是什麼？」

「那是雲歌。」

「雲會唱歌嗎？」

「怎麼不會呢？」

「那是什麼？」

小女兒任意伸手指著問。

「那是綠色。」

這天地在老父心中也許清明，氣之輕清上浮者為天，氣之重濁下沉者為地；但在小女兒也許是渾沌的，她泛問，老父泛答，無有不對應的。

「那是什麼？」

「那是青色。」

「那是什麼？」

「那是茶色。」

「那是什麼？」

「那是灰色。」

「那是什麼？」

「那是白色。」

「那是什麼？」

「那是藍色。」

「那是什麼？」

「那是黃色。」

「那是什麼？哈哈！哈哈！」

小女兒不待老父回答，就自己笑起來了。笑了一陣子之後，小女兒又問。

「那是什麼？」

「那是甘蔗。」

「那是什麼？」

「那是石頭。」

「那是什麼？」

「那是雲雀。」

一隻雲雀在小女兒近身處行走。

「那是什麼？」

「那是燕鴴。」

「那是什麼?」

「那是白鶺鴒。」

燕鴴剛飛起,白鶺鴒剛飛下。

「那是什麼?」

「那是斑鳩。」

斑鳩正筆直地跟地面平行飛越蔗田。

老父很想帶小女兒更往蔗田腹地走入,又怕撞著了雲雀或鶺鴒鋪在蔗頭下的巢,打擾了人家。

「那是什麼?」

小女兒向頭頂上指。

「那是雲。」

「雲在做什麼?」

「它在看我們。」

「它說什麼？」

「它說想下來跟岸香玩兒，在蔗地上走走。」

「雲下來！」

半秒鐘後，小女兒轉向老父：

「爸爸，雲沒有下來。」

「風不讓它下來。」

「為什麼？」

「熱氣把風向上推，雲就被擋著了。」

「熱氣狡古獪！」

「什麼時候雲會下來？」

一會兒小女兒又問。

「大清早，或是半夜裡，或是黃昏時，雲下來就成了霧和靄了。」

「那是什麼？」

「那是日光。日光最喜歡下地來，有時候雲不讓它下來。」

「雲狡古獪！」
「那是什麼？」
小女兒向下向外一揮。
「那是大地。」
「那是什麼？」
向上向遠處一揮。
「那是天。」
「那是什麼？」
向橫裡一揮。
「那是空。」
小女兒這一連串的指問，換成繪畫，不把田野速寫下來了嗎？
這就是田野。

喜餅

也沒做過統計，一年中哪些月份定婚結婚多，哪些月份少。舊曆七月沒有喜事是可以確定的。除了七月，其他月份村子裡或多或少，總有人家有喜事。先前戶口少，如今大約有六七十戶，小女兒吃喜餅的機會居然頗為頻仍。

村人有女兒定了婚，照例挨家逐戶分發喜餅；小定則只分發一小封粉糕，外加一根香蕉。喜餅種類雖然不多，可也有好幾種，有：五仁餅、鳳梨酥、綠豆膨、烏豆沙、桂圓餅等等，大約包括了中秋月餅的所有餅色——餅形則有中秋月餅的五倍大。

先是門外有人喊叫，小女兒或在廳裡或在庭中，自然是她捷足，往往老父還來不及出去問一聲是哪一家的喜事，那人已經回頭走了。老父只得出去問鄰居，鄰居或全家下田去了，廳裡也放著一塊大餅，他們回來，也跟我們一樣，不曉得是哪一家送的。有時候我們父女自己也不在家，更是不可得而知了。即使不到主家去賀喜，在路上相遇，竟茫然不曉得恭喜一聲，實在說不過去。分送喜餅的習俗，原是向鄉里報喜的意思。在新的社會，戚友相識往往分散各地，只得用登報啟事的方式來通告，比起農家安土重遷，分發喜餅，自有道里上的一大段差距。

雖然有時不知道喜事是誰家，切開喜餅來吃，不由得便油然生出喜氣來，心頭上總為那位姑娘慶賀。若喜氣是像有顏色的空氣，那麼此時此刻，全村定將蒸騰著五顏六色的氛圍，鄰村人一望便望見了。

老父感發的喜氣，只瀰漫在心頭，小女兒則溢出形表，真所謂喜形於色，且至於雀躍舞蹈。

「爸爸，常常有人送大餅來，真好！」

「這是有個姐姐找到了家啦！」

「姐姐不是有家嗎？」

「有是有，那是娘家，暫時寄住的。嫁了出去，才是永久的家。」

「什麼是娘家？」

「岸香跟爸爸住在一起，這便是娘家。將來岸香長大了，要離開爸爸，去一個永久的家住。」

「不要！不要！人家永遠跟爸爸在一起！爸爸亂講話。」

小女兒自然不懂得這樣的事。

「爸爸，明天還有人送餅來嗎？」

「大概不會啦！村子裡沒有那麼多姐姐定婚。」

「後天呢？」

「爸爸也不知道。——好不好吃？」

「好吃。」

不論那一色餅，小女兒都愛吃。老父則只愛吃肉餅，綠豆膨還吃幾口，其餘的全無興趣，但還是吃一片表示慶喜。近來似乎全不做肉餅了，老式的肉餅，有大盤子大，想起來嘴裡便滿是口水。每次得喜餅，老父總先看一看標示，總是失望。肉餅或許永遠絕製了。若有那麼一個機會，送來的是肉餅，老父或至跟小女兒爭吃呢！

這一天城裡的近親送了一大盒六色的喜餅來，小女兒一邊吃著一邊說：

「爸爸，姐姐嫁了，趕快生個女孩，趕快長大，又送大餅來！」

老父聽了不由一笑。老年人被時間拋入過去，再無活氣。三十歲以前的年少者和孩童則騎住了時間，他們騎著時間馳騁，坐在現在的鞍背上，而據有著永恆。在他們的感覺上時間是靜止的，宇宙和他們自己都是永遠的，這個天地就是他們的家，而他們是這個家的人，人是不會離開家的。我嘗說，三十歲以下的人是地仙，小女兒如今是地仙，地仙自有地仙的奇想。在小女兒的心目中，不止她自己永遠是小孩子，連她日日看著的老父也是永遠這個樣子，不會再老去，將永遠存在著，跟她在一起。

鬼月

轉眼又是舊曆七月，照習俗這一月鬼放暑假。我們的先人想像力真是豐富，連可怕的鬼也有假期，這想像力多美麗多可愛！而且鬼們的渡假地是陽間，他們一出了鬼門關，便迤邐朝這邊而來了。人間世只差沒有鬼們的渡假旅館，不然可真熱鬧了哩！

但是老世代的鄉村，七月可成了兒童們的禁月，諸多拘束，大人往往禁這禁那，說得你毛骨悚然。在老世代裡，鄉下男童是大地驕子，到了七月，卻變成小囚犯，原本在白天裡到處濺尿的，此時被禁在房裡，濺向尿壺、尿桶或尿竹筒，聞那討厭的尿臭。大人們說，那屋角邊就蹲著一個鬼，你濺在他身上，看他怎樣對付你？這些無知的男童向老天借膽也不敢隨地亂濺了。單是這一件就叫男童感到萬分拘束。走路也受禁制，只走路中央庭中心，靠邊兒誰也不敢越雷池一步，大人們說，到處是鬼。天還沒黑，鄉村裡再也見不到兒童。真的是鬼氣陰森的一個月份，因為有太多的鬼，人世幾乎變成了陰間了。

直到這一大把年紀，在這個月裡，當著黑夜，逼不得已在外邊小方便，心裡還不免有點兒那個，幼時觀念入人之深可以概見。

小女兒出生的世代不同了，神話一概在褪色，人類理智怒長，而想像力萎謝，人世逐漸的成了單一的事實世界，不是白便是黑，再沒有其他色彩。過往世代裡，交錯著事實、想像、信仰，形成五光十色多滋味的人世，此時僅剩單一色單一味，這個色味再怎樣悅目可口，有一天終究會覺得呆視乏味，到那時人類會猛醒過來，人類所求的並非是單一的事實，事實世界並不是一個好的世界，人，並不是事實生物，人，無寧更需要想像的陶醉、信仰的裹蒙，非有此，人便食不甘味，寢不安席，人便無法活下去，若人硬活下去，終究會化成石頭人。

如何預為小女兒建立一個非單一的世界，便成了老父日常操持的課題。

鬼月（續）

一入鬼月，小女兒便得了感冒。小女兒出生以來，才看過三次醫生，連出乳齒，她都泰然沒事。平時因與人隔絕，傳染的機會自然是沒有的。這回感冒，當然事出有因，但查無實據。大約發燒將近三十九度，給吃了生梨和台鳳鳳梨罐頭，第二天熱就退了，第三天差不多全好了，只是臉色顯得有點兒蒼白。既經隱居了，連有病也該採取相應的治療方法，除非真有重症。老父感冒一向是不看醫生的，除了寫《老臺灣》期間，因食物反應，嚴重的心律不整，多年前因心跳過速，看過醫生，三十年來，不曾跟醫生見過面。老是跟醫生見面，哪裡是人生？這一次老父大膽地讓小女兒接受自然療法，幸而沒有差錯，當然這要判斷得精確才行。用藥如用兵，大軍之後，荊棘生焉，能夠不服藥，還是不服藥為宜。

七夕，是好天氣，給小女兒加了件單外套，我們父女在庭中看牛郎織女。

「爸爸，人們怎麼知道那個星是牛郎，這個星是織女？」

老父指給小女兒看了牛郎織女星，講了習俗相傳牛郎織女的故事之後，小女兒居然發了這樣的問話。

老父一時楞著答不出來。

「星是老天造的，故事是人造的，爸爸，是不是？」

「當然是這樣啦！」

「這個故事不好聽。」

「為什麼？」

「星沒有動。」

不止小孩子聽了這個故事會疑惑牽牛織女二星沒有動，連大人都會這樣發問。此刻正聽見鄰居有大人說話，一個說：

「兩個星都沒有動嗎？」

另一個說：

「你看，你仔細看，星在動呢？」

「怎麼看不出來？」

「你再仔細看。」

「根本沒動。」

「當然沒動。」

「你怎麼騙人？」

「騙你傻瓜！」

老父叫小女兒聽。

聽見一個人呼痛，另一個笑。大概一個摣了另一個。

「誰騙你啦！嫦娥飛出廣寒宮，廣寒宮不還在那裡嗎？」

「月亮大，星多小。」

「星遠呀！」

「你以為星很大嗎？」

「大概很大。」

「胡說，星才那麼一個丁點兒大罷咧！」

「告訴你，嫦娥住月裡的廣寒宮，牛郎住牽牛星裡的牛滌宮，織女住織女星裏的織錦宮，他們踏了鵲橋相會，難道像蝸牛背著房子走？說你是傻瓜就是傻瓜。」

又聽見同一個聲音呼痛，小女兒聽得真切，望著老父笑。

「爸爸，星裡面真的住著牛郎和織女嗎？」

「人們是這麼說的。」

「這是講故事。」

「有很多故事。傳說漢朝時候，就是古時候，有個人在一條大河裡行船，他的船竟然行上天河去了。他看見了牛郎在河邊放牛，當然他不知道他是牛郎。他問牛郎是什麼地方，牛郎告訴他回去問天文學家張衡就知道了。天文學家，是研究星的人。這個人回去後，去問張衡。張衡說，怪不得昨晚有一顆客星犯牽牛座；就是說張衡昨晚上看見牛郎星旁邊出了一顆星，那裡原本是沒有那樣的一顆星的。」

「這個故事很好聽。那個人到了天上就變成星了嗎？」

「就變成星了。」

「是真的嗎？」

「故事當然不是真的。但是人不能老在真的裡面，那樣人會受不了。犯人被關在監獄裡。真的事，就像監獄，把人關著。」

老父這番話，小女兒當然聽不懂。老父的議論癖，有時對著小女兒也難以克制。好在老天給了人翅膀，比鳥兒蝶兒蜂兒，比一切的翅膀都好，好得無以復加的翅膀，那就是想像力。人藉著想像力這個超越時空的優異翅膀，上窮碧落下黃泉，從真實裡飛出來，翺翔於無制限的所在。

「洋娃娃不是真娃娃。」

小女兒不一會兒接下去說。

「真娃娃是媽媽的監獄。」

「岸香是爸爸的監獄。」

老父笑著答：

「是爸爸的監獄，也是爸爸的天堂；岸香一身都是爸爸美麗的希望。」

鬼月（續完）

一個鬼月裡，有三次祭祀，小女兒高興極了；平日她一個人獨自辦家家，材料無非草莖、小石礫和幾隻螞蟻，場地不外幾寸見方的庭面。難得祖母一次又一次辦起大家家來，偌大的桌面，又是正式的菜肴牲醴，又有小人國用的小酒盞整整齊齊地排列著；香一落落地燒，冥紙一疊疊地焚，末了小女兒還搶著拿起小人國的小酒盅來奠酒，實在是豪華至極的家家。這家家雖然豪華，祖母卻有許多禁忌，不許她亂伸手，亂講話，一場大家家辦下來，少不得挨好幾次罵，祖母氣得面發青，小女兒蹦得臉漲紅，真的有陰間客，這一頓飯定然是吃得邋裡邋遢。

其實人類許許多多的活動，莫非是家家，在小孩子的眼裡，更是不折不扣的大家家，就因為是家家，才那麼有味地例年長久地熱烈辦了下來。人類這個大孩童，永遠不曾失去他的大童心，即使到了今日，盡人皆知地球是懸宕著浮在太空中，人們仍然高高興興地一連二、二連三活潑潑地歡度他們的各種節慶，舉行各種莊嚴的儀式；只讓少數失了童心的人去虛無去荒謬乃至絕望。

啊哈，人類只要不失其童心，這個世界便是糖蜜製的；失了童心，就是蠟製的了。

「爸爸，阿媽什麼時候再拜拜？」

祖母回鎮上去了，小女兒失望地問老爸。

「中秋節阿媽也許會回來拜土地公。」

「還有多久？」

「今天是初一，中秋節是十五，你算算。」

「一、二、三、四、五、六、七、八、九、十、十一、十二、十三、十四、十五，十五，還有十五天。」

「對，還有十五天。」

「還那麼久嗎？爸爸，今天我們也來辦拜拜，給人家辦好嗎？」

「好是好，拜什麼呢？」

「阿媽沒拜什麼嘛！」

「七月裡，阿媽剛拜了三次鬼呢！」

「爸爸亂講，人家都沒看見鬼。爸爸，有鬼嗎？」

「誰曉得！有不少人說看見鬼；也有人照像照了鬼。」

「爸爸有沒有看見鬼？」

「爸爸沒見過，爸爸也不相信有鬼；可是這個世界有鬼比沒有鬼可愛。」

「為什麼？」

「多一樣活物總比少一樣好，多了熱鬧。」

「有很多東西，很熱鬧。」

「世界上只有人就冷冷清清，沒有意思了。」

「爸爸，世界上有多少東西？」

「噢，這個不好講。大概地說，世界上有兩樣東西：一樣是活物，一樣不是活物。」

「不對，世界上的東西都是活的。」

「岸香看世界，東西都是活的；阿媽看世界，連沒有的東西都是活的——鬼是沒有，阿媽也當它是活的。岸香和阿媽的世界好不熱鬧，爸爸的世界冷清多了。」

「爸爸，你過來嘛！」

「好哇，爸爸跳過去。哈哈！」

老父跳了一步，跳到小女兒背後去。

「哈哈，這裡好多了？」

「好很多啦！」

踏聲

八月土蜢試新聲，九月起一入黃昏，遍果園裡盡是土蜢聲。老父一下子又回到童子身。

誰人曾經完全長大過？八十老翁風燭般身命的殘焰裡豈不搖曳著幾許童稚的彩光？在土蜢聲競唱的九月裡，老父其實只比小女兒長四、五歲，這時老父約莫是十歲不到的男童。實在說，在天藍地綠的田園裡，老父經年豈曾大過十歲？在大自然的懷抱裡，人永遠是孩童。人一旦真正長大了，就再也吮不到大自然的乳汁了。

「爸爸！」

老父趁著小女兒看卡通，偷偷地想走入果園，卻被小女兒看見叫了回來。

「爸爸，你出去做什麼？」

「爸爸有比卡通更喜歡的東西在果園裡，爸爸出去走走。」

「等一下嘛，等人家看完卡通一起去！」

「好吧！」

卡通，老父一向是跟小女兒一同看的。小女兒四歲時，老父在一旁替小女兒當翻譯。現在小女兒五歲了，略微聽得懂了，只偶爾問一問，已不怎麼需要老父給她當翻譯，可是老父還是跟她一起看，老父自己也喜歡看。土蝠聲，對於老父卻是兒時老遠時代的老相識，禁不住被引了出去。

看完了卡通，已經是七點，天早已全暗。

「爸爸，出去嘛！」

「外面蚊子多。」

「爸爸不是要出去嗎？」

「是啊，爸爸想出去踏聲。」

「踏什麼聲？」

「踏土蝠聲。」

「聲踏得到嗎？」

「遍地都是，怎麼踏不到？」

「帶人家去踏！」

「果園裡到處是蚊子，不能去。在窗邊聽就好了，聽見了沒有，好多土蝠在唱歌呢！」

「聽見了，好多好多喲！」

老父抱起小女兒，讓她夠到窗上來。

「好可愛的土蝠啊！爸爸，牠們為什麼唱歌？」

「給岸香聽啊！」

「真的嗎？真乖！謝謝你，土蝠！」

小女兒聽了一會兒，禁不住央求著老父說：

「爸爸，我們出去！」

「不行，蚊子多！」

「出去嘛！」

「那得穿鞋襪，披紗綢才行。」

小女兒穿戴好了，老父抱著她出去。

「可不許說話喲！」

「人家不說話。」

「耳朵好癢喲！」

「叫你不許說話還說。」

的確，人一接近土蜢穴，耳膜會被搥擊得發癢。

「嘻嘻！」

小女兒禁不住耳癢，吃吃地笑了出來。

「不許笑！」

腳趾尖前三個穴嘎地聲斷了，再往前行，一例的一個穴一個穴關閉了聲音，往左行左關了，往右行右關了；再向前行去，後面的穴又開了，向右去左邊開了，向左去右邊開了。這九月月初是盛時，土蜢鳴得最熱烈，等不及急躁著要鳴唱，因之，隨闔隨開——比成光就是一明一滅；八月裡九月末，就不這樣慇懃了，一闔要闔好幾分鐘。這九月初，有輕捷的舞步，可是會得跳一場此起彼落的好踏聲舞的啊！

回到屋裡，小女兒儘揉著耳朵；老父則覺得好似得了慣性的耳震一般，但全身血脈可是舒暢至極，太舒坦了啊！

日還未出，趁小女兒還未醒，老父下果園去掘那些掘不盡的新生灌木，一個族親尋了來。

「你這園裡可有不少好東西啊！」

「什麼好東西？」

「這個、那個，不是好東西是什麼？」

族親望地面土蜢穴指。

聽來好不得意。

「別處沒有了。」

聽得更加得意。

「留著這麼多好東西，可惜可惜！」

「什麼可惜？」

「酥油吃啊！」

真是大煞風景。

「過午可得提水來灌。」

聽得毛骨悚然。

「灌不得啊，留來聽的啊！」

「吃了好哇，聽？肚裡塞了蕃薯、蒜頭，多美妙的滋味兒！」

聽得我焦急萬分。

「不許灌，不許掘！」

「這麼寶貝?!」

族親笑了笑，趕回家下田去了。

這裡我的心卻是忐忑不下。

帶了小女兒上市鎮去，回來發現土蜢穴被灌帶掘，數了數，約有二百穴。既痛且惱，跑去問那個族親，族親還在田裡不曾回來。看來不是他造的孽，大約有成年人帶了兒童進來。

「狡古獪，壞孩子！壞大人！」

小女兒也十分氣憤。

不得不緊盯著果園，見過幾個男童提水進來，給嚷了出去。

九月上旬內，土蝨越鳴越靠近。一天黃昏，居然在西窗下響起了醉人的鳴聲來，湊在窗邊聽，耳膜便受到頻接的搥擊，太痛快了！抱起小女兒來，父女倆一起飽嚐這聲之饗宴，愛被搥擊多久就有多久，這個聲穴可是開而不闔的啊！

第二天，待小女兒睡醒，我們父女倆便去訪問西窗下的新鄰居。小土粒勻勻的堆著圍在穴口四周，穴口裡也用小土粒塞著，整個穴表樣子看來像個火山口。

「早安！」

小女兒微笑著說。

「爸爸，怎麼沒應人家？」

「牠在睡覺呢！」

「太陽光曝著屁股了，還睡覺！」

「土蝨昨夜唱到那樣晚，不能早起呀！而且白天裡，有伯勞、白頭翁、藍磯鶇和麻雀，還有大烏蜂，都是可怕的敵人。牠得整天在洞穴裡睡著，晚上才出來活動：唱歌，找好吃的草葉子吃。」

於是老父帶了小女兒走入果園，小火山口似的洞穴到處是，小女兒走過時咦咦地叫。

「掏掉洞口的小土粒看看。」

小女兒蹲在一個小洞穴前看，老父慫恿她。

「土蜢不是在睡覺嗎？」

「不好打擾人家嗎？不要緊，土蜢不會有危險。」

於是小女兒撿了枝小枯枝，掏掉了洞穴口裡的小土粒。

「打開了。」

「看看洞穴深不深？」

「很深，看不見底。」

「我們走吧！」

「土蜢會不會有危險？」

「不要耽心，牠醒了呢！不要用小石頭蓋洞口，走吧！」

小女兒還是帶著幾分疑惑回頭看。

走到果園盡頭時，老父又教小女兒打開了一個洞穴。

「我們回去看方才打開的那個洞穴去。」

「爸爸，那個洞口會怎麼樣？」

「回去看便知道了。」

小女兒於是奔跑了起來。

「不要跑，把土蚯都給震醒了，不要跑！」

小女兒停下來，拉著老父的手指，緩步往前行。

接近那個洞穴時，小女兒舉起食指按住嘴仰視老父，老父會意點點頭。

「哇，洞口關了！」

小女兒驚異地喊，洞口出奇地又塞滿了土粒——溼的土粒。

「奇怪不奇怪？」

「好奇怪喲！」

「再打開來！」

「行嗎？」

「不要緊，儘管再打開來，不要緊。」

於是小女兒又把新土粒掏光。

「我們回那一頭去看那一個洞。」

小女兒興奮地拉著老父的右食指，蹦跳著。

「不許蹦！」

「爸爸，那邊的洞也會塞新土粒嗎？」

「當然會。」

「爸爸，我們飛過去。」

「我們要是飛過去，土蜢才塞半個洞口；慢慢的走過去，剛好塞滿洞口。」

「哈哈！」

小女兒笑著又拍手又蹦跳。

「不許笑，不許蹦！」

走到那一頭，洞口果然也塞滿了溼土粒。

於是我們父女來回走著玩兒這齣遊戲，玩了將近一個鐘頭；那兩隻土蜢也在地裡陪我們父女玩兒著。

「爸爸，黃昏時我們再出來踏聲，好不好？」

「好哇！黃昏時我們再出來踏聲。」

一天，初晚時屋裡忽聽見「吱」的一短聲，分明那是土蜢。第二天，看見一隻土蜢循著壁角邊走著，拈了起來看，乃是公的；昨晚是牠的鳴聲不錯。給放在簷下草叢裡，天一黑，簷下竟也有了一個聲穴，小女兒居然在簷下踏起聲來。

一窩貓

「爸爸。」

「什麼事兒？」

「貓。」

「到處是貓。」

「寮裡有小貓。」

「有小貓？」

「小貓。」

老父只得起身去看個究竟。亞鉛頂棚屋原是堆放農具用的農具間，北半有四壁，儼然是間住屋，南半是敞棚，原是裝果場，擺了四張蚶仔椅居然成了露風客棚，有客來，在此坐談。北間向客棚的窗紗，新近被挖了一個大洞，早疑有野貓在裡面生產，果然不錯，小貓就在裡面喵喵的叫。

「別去管牠，母貓生了小貓啦！」

「人家要進去看。」

「不能看，看了母貓會換窩的。」

「什麼是換窩？」

「換窩，祖母管它叫徙宿（ㄙㄨㄚ ㄒㄧㄨ）。母貓生了小貓，給人撞見，會覺得不安穩，就會叼了小貓換另一個地方，不教人發現。」

於是小女兒不敢要求進去看小貓，可是整天往客棚跑。

「別常常去，你老在那兒，母貓不敢鑽那個紗窗洞進去給小貓餵奶呀！」

小女兒克制了約莫一個鐘頭，只在屋角邊張望。一個鐘頭後克制不住了，又偷偷的跑過去。

第二天，小貓整天喵喵叫，也許母貓沒進去，小貓沒奶吃，餓慌了；也許夜裡換了窩，漏了一隻。母貓記性不見得好，而且又沒有數目觀念，生了幾隻，沒法兒記得清，叼走了幾隻，留下幾隻，牠也未必清楚；往往一次換窩，遺忘了一隻是極尋常的事兒。但不論如何，這小貓整天價喵喵叫終究是有了問題，老父不免憂心忡忡起來，帶了一個小女兒已夠累了，焉有餘力再額外帶小貓？

向晚時，老父忍不住開了北間的門進去，裡面塞滿了什器（其實都是廢物，家裡用過的東西，能再用的不能再用的，母親捨不得丟，一概塞在裡面），塞得無法插足。踮起腳來，從隙縫間探望下去，果見到一隻小貓，「嘖、嘖、嘖」地呼了三數聲，小貓居然抬起頭來看，想向上掀起。生理學認為方向遠近的辨別是視覺、聽覺、經驗交互修正得來，看這情形，生理學講的未必是對。小貓既然想就我，我便退回門口，俯下去再「嘖、嘖」地喚。牠果真爬了出來了，是肚皮貼地爬出來的，四肢還無法支起。托在手掌心中，仔細看，眼珠還混沌不清呢！大概昨日剛開目。給放在客棚地上，小貓像隻毛蟲，掀起頭，四面探著，顯然是在尋索，只是不知該走向何方。

小女兒喜歡得禁不住嘻嘻笑。

「乖！」

小女兒輕撫小貓的頭頂。這是小女兒第一次撫摸小貓，不曉得她是什麼感覺。

「爸爸，小貓很可愛，毛好軟喲！」

小貓依然喵個不停，依然毛蟲樣地掀著。小女兒托起了牠，給爪子戳到，又放了下去。

「爸爸，牠的指甲刺人。」

「小貓還乖呢，沒抓你，你自己刮到的。再過幾天，牠懂事了，就會抓人。」

「懂事就不乖了？」

「牠懂事了，媽媽兄弟姐妹以外，都當敵人看呢！」

「都是敵人嗎？」

「都是敵人。」

「爸爸以外都是敵人嗎？」

「可以這麼說。小貓不這樣謹慎是活不成的。」

「人呢？」

「也差不多是這樣，也有些不同。」

「爸爸，小貓怎麼辦？」

「母貓會回來啣走。我們走吧！」

一會兒小女兒跑回家來，焦急地喊：

「爸爸，小貓在樹底下柴堆裡。」

「怎麼會在那裡呢？」

「母貓咬去的。」

「這糊塗媽媽，那兒有山獺蛇呀！」

於是小女兒急急奔了出去，待老父起身，早已擒了回來，抓著小貓的背脇。老父接了過來，出去再給放在客棚地上。

又一會兒小女兒奔回來。

「爸爸，小貓不見了。」

「在不在樹底下？」

「不在樹底下。」

「很好，母貓啣去祕密的地方了。」

於是暮靄起了，不多久天也暗了。但一晚上都聽見小貓在北間喵著。

天亮後打開了北間的門，可是再怎樣嘖嘖呼喚，小貓都不肯出來。昨日向晚一場經歷，牠懂事了。

小貓又喵了一整天，也未見母貓。

「爸爸，有幾隻？」

「就是那一隻，只一隻喵嘛。」

「不對呀，爸爸，那一隻咬走了。」

「又咬進去了。」

「都有幾隻，爸爸？」

「不曉得，外面應該還有。」

「會不會餓死？」

「小貓分散了，母貓忘記了這一隻，就會餓死。」

「太可憐了，餵牠牛奶吃。」

「怎麼餵呢？又沒有那樣小的奶嘴。牠整天整晚喵著，母貓不會聽不見。」

北間的門一夜未關，好讓小貓自行出去。

第二天起不再聽見小貓喵。

「爸爸，小貓在不在？」

「大概換窩了。」

「等小貓長大，給人家養。」

「牠長大了，會照顧自己，不要人家養。」

「人家要！」

「好吧，等小貓出來玩兒，問問牠。」

「牠是好朋友，牠要。」

幾天後，有客來，老父背對著那破洞窗紗坐著，聞見輕微的屍臭。

客人去後，老父急急關了那扇窗，免得小女兒聞見。

人的愚蠢往往敗事，顯然，由於我的錯誤害死了一窩貓。那親近人的一隻，根本未再啣進去過；裡面的是性不親近人的，怪不得聽見嘖嘖呼喚不肯出來。母貓啣走了親近人的那一隻，就把這一邊丟下了。也許那一夜母貓跟那隻親近人的小貓已一起果了山獺蛇之腹了，山獺蛇總是成對出沒。唉，這一大把年紀，還做出傻事來。

麻雀

九月裡的雨可真多怪，剛晾了十幾分鐘的衣服，陽光看著十分明亮，一陣南風來，又是一陣雨，一個上午好幾停走雨，急忙搶收衣服，小女兒趕出來在簷下笑。

「雨狡古獪！」

「狡古獪的雨！」

老父氣喘吁吁地笑。

雨過了，太陽又出來了，老父又出來晾衫。

「爸爸。」

「什麼？」

「你看！」

小女兒指著鄰居廂房的屋頂，距晾衣篙才一丈遠，約八尺高的矮屋頂。老父舉目看去，兩隻麻雀正蹲在屋脊上看我晾衫。

「你們倒悠閒咱！」

老父說，小女兒笑。

「牠們也出來曬衣服呢！」

老父回頭跟小女兒說。

「牠們衣服穿在身上曬，真笨！」

老父跟小女兒夾眼說。

「真笨！」

小女兒鸚鵡學舌。

「笨鳥！」

老父又夾眼。

「笨鳥！爸爸，牠們怎麼不脫下來洗洗晾起來？」

「牠們脫不下來啊！」

「好可憐喲！牠們衣服不髒嗎？」

「不髒。老天爺給牠們永遠不會髒的衣服穿，就用不著脫下來洗。」

「爸爸怎麼知道不髒？」

「你看牠髒不髒？」

「不髒。」

「就是嘛！」

「牠們很可愛。」

「很可愛，的確很可愛，一切鳥牠們最可愛。」

「白頭翁不可愛嗎？」

「當然可愛啦！一切鳥都可愛，麻雀最可愛。」

「為什麼？」

「牠們最親近人哪！」

小女兒照例每日都偷偷放一撮米給牠們吃。

一早，小女兒還未起床，老父在廳堂裡踱著，一隻鳥噗噗地掠過頭頂，抬頭看，是隻麻雀。

「你這傢伙，怎麼進來的？噢！準是從瓦口裡鑽進來的！」

「你進得來，出得去嗎？紗窗紗門，你得照原路出去咱。」

麻雀見我瞪著牠看，跟牠說話，著慌地來回飛著，越慌越飛近我，越近越慌，從廳堂飛入書房，又從書房飛入祖母的臥房；飛來飛去，翅膀拍得噗噗響，噗得老父少小時惡作劇的興復活。牠再飛入書房，老父就站在書房的門限上。牠一下撲南窗，一下撲西窗，越撲越急，竟穿老父耳旁而過，後來牠跌落祖母臥房裡衣櫥下去了。

小女兒起床、吃過牛奶，麻雀又出來了。小女兒興奮地告訴老父有隻麻雀。

老父坐在書桌旁忙自己的事兒。小女兒呼喊著要麻雀跟她做朋友，麻雀驚慌地來回飛著，幾次擦過老父的耳旁。老父忍著——當然很想舉手撲牠一下，到底忍不住，一掌攫在手心裡。

小女兒哈哈大笑，趕緊湊近老父身邊。

「爸爸，麻雀狡古獪，給捉到了。」

「狡古獪，外面有的吃，牠飛進來。」

「外面有的吃，牠飛進來。爸爸，牠是好朋友。」
「當然是好朋友。」
「牠不肯跟人家玩兒，牠狡古獪！」
小女兒滿臉堆著愛柔的表情，伸出手來撫摸麻雀的頭頂。
「乖，不要怕！我每天給你米吃，不記得嗎？怎麼怕我？」
「看牠的嘴，粗不粗？」
「好粗喲！」
「又短又粗。」
「又短又粗。」
「牠為什麼有又粗又硬又尖的嘴？」
「牠要吃東西呀！」
「岸香吃不吃東西？」
「吃呀！」
「岸香有沒有又尖又粗又硬的嘴？」

「沒有。」

「為什麼沒有？」

「不知道。」

小女兒瞪著大眼珠兒看老父。

「岸香有牙齒，也是硬的，跟麻雀的嘴差不多，是不是？」

「人家知道了，人的牙齒和麻雀的嘴一樣。」

「可以這樣說，卻不完全一樣。」

「為什麼？」

小女兒慣用「為什麼」這句問話。

「麻雀的嘴，是牙齒，也是手，又是武器。」

「武器是什麼？」

「就是用來打敵人的東西。」

「我知道啦，劍是武器。」

「對，劍是武器，老天給了麻雀一樣武器。想想看，別的動物，老天給了什麼武器？」

「嗯，牛有角。」

「對，牛有角，老天給了牛一樣武器。」

「嘴」字，原本只寫做「觜」，是用「此」字做字音加在「角」字上造的字，因此嚴格講，人類沒有嘴，嘴是角類，鳥才有嘴。

「再想一想，老天還給動物什麼武器？」

「嗯，象有長牙。」

「乖！老天給了象一樣武器。」

「牙是武器嗎？」

「當然是武器呀！豬也有長出口外的牙做武器，會戳人的。」

「老天也給人牙。」

「人沒有牙，人只有齒。在口內叫齒，牙是長出口外戳人的。人有牙，不很可怕嗎？」

「蕭叔叔是牙醫。」

「他是治大象和豬八戒的。」

小女兒聽得哈哈大笑。現代話很糟，牙齒不分，潮溼不分，燙熨不分。

「一隻動物的頭長幾種武器？想想看！」

「嗯！」

小女兒想了半天。

「奇怪，都只有一種。」

「有了嘴就沒有角和牙，有了角就沒有牙和嘴，有了牙就沒有嘴和角。」

「為什麼？」

「有一樣就夠了，多了不方便。」

「動物怎麼曉得？」

「老天曉得。」

「老天真偉大！」

小女兒想留下麻雀來養，老父告訴她，巢裡說不定有小寶寶，就是沒有小寶寶也該放了牠，讓牠自由。

站在簷下。

「爸爸，給人家再摸摸牠的頭。」

老父放開了手，麻雀慌忙飛上鄰居的屋頂，驚惶地又向前飛竄，不見了。

「爸爸，牠會回來嗎？」

「會的，等一會兒就會回來。牠回來，你認得嗎？」

「認不得了。」

「牠可認得噢！」

我們父女相視而笑。

捉迷藏

小女兒唱歌跳舞是定時的，玩兒捉迷藏卻是不定時，她不止跟老父玩兒，幾乎跟一切東西都玩兒。

晴日的初晚，帶小女兒出庭面看月，一忽兒躲在老父背後，一忽兒跑入屋內，要月亮尋她。當然末了是小女兒自己出來讓月亮捉到。

放晴的傍晚，小女兒跟太陽公公揮手，有時就躲在樹影下，要讓太陽公公看不見，且回過頭來細聲地嘻嘻跟老父暗笑。

「太陽公公看見你躲在桂花樹下。」

「哇！」

小女兒於是大叫一聲，跳出透紅的餘暉中來。

「太陽公公嚇到了。」

小女兒得意地拍手大笑，儘對太陽公公一上一下地蹦著。

白天裡在屋內，小女兒則跟一切家具乃至書本、紙、筆玩兒；有時打開童話書，跟書頁上畫的人物玩兒。

「爸爸，那個門的洞（她指的是鑰匙孔）儘看著人家，好可怕喲！」

真有意想不到的奇事兒，小孩的世界一切都活了，大人哪得想像？

老父照例下午得跟她玩兒一次捉迷藏，無非躲在門後讓她找。小女兒熟了，嘻嘻笑著尋向門後來，不是書房門、臥房門，便是浴間的門，十拿九穩，習以為常，千百遍不厭倦。

這一次，老父躲進廁所內，且儘縮在內壁裡。找過幾趟後，小女兒也尋到廁所來。老父不敢將門闔密，特意留了約莫一兩指寬的縫。小女兒一面喊著爸爸、爸爸，一面走近。聽見她張望了一下門縫，就折了出去。喊聲出了屋外，轉到屋西，又兜了回來。老父仍屏息縮在內壁裡。沒有喊聲了，也沒再入屋來。老父耽心她尋出馬路去——圍牆門有時候沒加閂，急忙走了出去。小女兒正從屋西轉回庭面來，蹙著眉，憂著臉。一看見老父站在簷下，停住了腳，哇的一聲哭了出來。

「乖！爸爸變魔術，岸香尋不見了啊！」

老父趕快走過去，俯下身攬在懷裡，小女兒還一直哇哇的哭。

「人家找不到爸爸呀！」

「乖！爸爸沒丟掉嘛！爸爸不抱著岸香嗎？乖，別哭啦！」

小女兒很快便收了眼淚，老父抱著她進屋，坐下來，放在膝上。

「爸爸講故事給人家聽！」

「好，爸爸講。有個小女孩跟爸爸玩兒捉迷藏……」

「是岸香。」

小女兒喊。

「是岸香嗎？」

「是岸香呀！」

於是小女兒便將方才捉迷藏的經過當故事講著。老父輕輕的搖著膝。小女兒講完了故事，伏在老父的懷裡，不一會兒便睡著了。

陌生孩子

戲是人生，人生是戲。老父時常跟小女兒搭檔演戲，隨時隨地隨興而演。

小女兒睡到「三篙日半晝」才醒來，一醒來就喊叫老父；老父得即時應聲進去，遲延半分鐘就哭了。

一進臥房，老父就演起戲來。

「床上這孩子是誰呀？好像不認識，怎麼叫我給她穿衣服呀！」

「是你的孩子，是岸香呀！」

「岸香？這個名字有點兒熟，就是記不起來在哪兒聽到過。」

「是你的孩子嘛！怎麼忘記了？」

「噢，我的孩子嗎？怎麼都記不起來了呢？來，我仔細看看！」

小女兒一骨碌跳起來，站在床上，正好跟乃父一般高。

「我的孩子嗎？沒有這麼高，跟我一般高嘛！」

「人家站在床上嘛！」

「噢，站在床上，是的，是站在床上啦！來，再仔細看看，看你的臉是不是岸香？」

「就是岸香嘛！」

「看來有點兒像又不大像。」

「爸爸，你是怎麼啦？怎麼認不得你的孩子啦！」

「你說說看，讓我記起來。」

「岸香和爸爸玩捉迷藏，爸爸變魔術不見了，岸香就哭了，你記得嗎？」

「噢，記起來啦！岸香哭得好傷心喲！」

「就是嘛！」

「再說說看。」

「那個壞林伯伯啊，每次來就帶許多巧克力糖，人家要多吃幾個，爸爸不給人家吃，人家就哭了，爸爸，記得嗎？」

「當然記得啦，岸香最饞嘴啦！」

「人家不饞嘴嘛！」

小女兒嘟著嘴說，說著眼眶就紅起來，老父趕緊改口說：

「是林伯伯壞，不是岸香饞嘴，對不對？」

於是小女兒眼眶不紅了。

白天裡老父走一步小女兒跟一步。

「這個孩子是誰啊，怎麼老跟著我？」

「是你的孩子，是岸香呀！」

「岸香是誰呀？」

於是一齣戲又演開來了。

大概每個人都有這樣的經驗，一下子認不得自己的名字來，認不得父母兄弟親友的名字來，有時候面對面看著，越看越陌生，恍如隔世。不曉得這是什麼心境？生命是單一的單元，它是獨一的一個世界，人跟外界的牽掛一時切斷時，就會體驗到單一的孤獨感，大概是這種感覺吧。但老父跟小女兒演戲時並不是這種感覺，那是純粹的演戲，因此老父心裡是整片的喜悅，小女兒也是。

螞蟻

真奇，小女兒喜歡養螞蟻。老父離童年已十分遙遠，已記不得少小時是否也對螞蟻有這麼高的興趣，只依稀記得當日似乎時常蹲著觀看蟻陣，或趴在桌面上看單隻家蟻走路。那時眼力遠可極遠近可極近，真所謂明察秋毫。透著陽光看螞蟻全身發亮，還看到蟻腳上的細毛在陽光下變成了光纖，整體是耀眼的金光。大概螞蟻是孩童的寵物無疑。

小女兒有個小盒子——她總是有那麼一個小盒子，裡面經常至少養有一隻螞蟻，任意在屋內或屋外拈一隻就放在盒內養著；有時候坐客運車，車窗坐椅上發現有單隻螞蟻，就捏回家來。

看著小女兒對螞蟻這麼高的興致，令老父想起大人們的畜牧來；尤其是人類早年的畜牧歷史。螞蟻，也許就等於是孩童們的牛羊吧。

大概很少有成人靜靜的在一旁觀看小孩子們的遊戲的吧——小孩子們的生活每一秒鐘都是遊戲。老父饜飽著靜觀小女兒整日裡的遊戲，有時是成人對兒童生活的欣慕，有時就撩起自己那久遠年代的兒趣來，實在也是無上之福。

梭羅在華爾騰湖邊觀看過蟻戰，那一段文字寫得真好，充分表明了它的作者不可能不是天才。記憶裡依稀也看過蟻戰，但沒引起興趣，雖然那時年紀還小，終究這是東西方人類心性不同。小女兒似乎還未看過蟻戰，即使看到，必定也不會有興趣，也許只會讓她急得跺腳叫停罷了。

蟻王

吃罷晚飯，小女兒發現地面上到處有螞蟻，牠們是在撿拾小女兒的殘食——多半是餅屑，下午掉下的；飯是老父餵她，很少掉落。真的到處是螞蟻，壁角不用說排列成隊，角隅就看得見牠們的洞口，地面上也列著隊伍。雨季總是螞蟻活躍的時節，牠們努力撿拾著，以備過冬。時節邁入仲秋，轉眼雨煞，冬天也近了。

「蟻王！」

小女兒喊。

老父俯下去看，果真是隻蟻王。

「怎麼知道是蟻王？」

「人家沒見過呀！牠很大，比公螞蟻還大。」

「有道理。兵士、百姓經常看見，國王沒見過。」

「牠是王。」

「不錯，一定是王。」

「爸爸，王怎麼一個人在外面？」

「王長了翅，飛出去了，還沒回到家，翅掉了，就落在外面了。」

「可憐的王！」

「牠很大，比公螞蟻還大，不用為牠耽心。」

「王為什麼大？」

「牠要生很多蛋。」

「牠是女的嗎？」

「是呀，牠是女王。」

「人也有女王。女王生很多蛋嗎？」

「人的女王不生蛋。」

「她為什麼當女王？」

「這個不好講，人的王有男的也有女的，他們不是全國人民的爸爸或媽媽。」

「螞蟻的王是螞蟻國所有螞蟻的媽媽？」

「是呀，是媽媽，王是全螞蟻國人民的媽媽。」

「人的王不是爸爸和媽媽，為什麼是王？」

「就是人的王不是全國人民的爸爸和媽媽，人的國永遠過得不好。人的國，王不是爸爸和媽媽，人民不是兄弟姐妹，人的國更是不好。」

「螞蟻的國好嗎？」

「當然好！王是媽媽，人民是兄弟姐妹，當然好！」

「可憐的王，牠找不到國。」

老父沒有搭話，老父在沉思。

「我幫牠，爸爸，我幫牠。」

「乖，你幫牠！」

小女兒拈起蟻王，朝門下的一個蟻穴口放了下去。蟻王剛一著地，就被嚴重圍攻，小女兒連忙救出了蟻王，放在空地上。蟻王後腳還各給一隻工蟻鉗著，前面一隻腳被一隻大雄蟻咬住。小女兒找了一析木纖維，給剔掉那三個敵人。

「爸爸，牠不是那個洞的王。」

「看樣子不是。」

小女兒另找了一個洞口，又救了出來。房間裡見得到的洞口都試過，一例被攻擊。

「爸爸，牠的國在哪裡？」

「爸爸也不知道。」

「爸爸，牠很可憐。」

「確是很可憐，牠是好王。蟻王、蜂王都是值得尊敬的王，人王不能跟牠們比。」

「可憐的王，爸爸說你是可尊敬的王，你曉得嗎？你是好王。」

小女兒拈起蟻王，放在手掌心裡，撫著牠的頭背。

「爸爸，我養牠。」

「乖，你好好兒待牠！」

煞雨

雨季終於過去了。

小女兒有一天忽問起老父來：

「爸爸，雨呢？」

「雨怎麼啦？」

「雨啊，好久雨沒有來了。」

「你想起它，還是想念它？」

「它是朋友啊！」

「是啊，它是朋友。」

跟一個天真的小孩子天天見面，見了大約四個月，自然就是朋友了，忽然不再見面了，小孩子自然會想念它。

「雨怎麼不來了？」

「雨去遠方旅行去了。」

「它到哪裡去了？」

「往北往南各處去了。」

「它什麼時候回來？」

「也許明天回來，回來看看，馬上就又走了。」

「為什麼不留下來呢？」

「它這趟旅行有半年時間呢！它想念這裡，回來看一下就又趕去。」

「我們也跟雨去旅行去。」

「不行，我們不能走啊，伯勞、藍磯鶇剛回來不多久，還有報春就要到了，我們不能走啊！」

「爸爸，報春就要來了嗎？」

「也許早就到了，牠不出聲，誰也不曉得牠來了沒有？大概沒有雨牠就來了。」

「牠跟雨不做朋友嗎？」

「看來牠好像不喜歡雨。」

「報春狡古獪，牠為什麼不喜歡雨？人家喜歡雨。」

「你為什麼喜歡雨？」

「雨很好看，很乖。」

「小雨很美很乖，大雨呢？」

「大雨好可怕喲！大雨是雷公趕下來的，小雨是自己下來玩的。」

「怪不得。」

「小雨下來玩，在地面弄髒了，它走入草根，飛出草尖，回天上去，就又乾淨了；爸爸說的。」

「爸爸說的嗎？」

「爸爸說的呀！爸爸真奇怪，又忘記了。」

「爸爸是忘記專家。」

「哈哈，爸爸是忘記專家。」

小女兒自己玩兒了一會兒，忽然進來問：

「爸爸，小草沒有雨，會死掉嗎？」

「也許會。」

小女兒眉根一紅，眼眶裡有淚。

「傻孩子，爸爸給小草澆水，岸香也澆水，小草不是一樣快活嗎？」

小女兒眉上的紅退了，淚光也收了。幸而她指的小草是庭面上日日看著摸著的那幾株，那庭外連到地角的草乃在她的小世界之外，不然老父可就要面臨難題了。

花香

「好香噢！」

小女兒起床時，日頭早已出過三竿高，風向也已由東北漸轉為西南，滿株的樹蘭花也開始放出濃厚的馥郁對著平屋散發過來。樹蘭花形色酷似小米，綴滿株，不下億萬粒。老父生性畏嫌濃香，這株樹蘭濃郁過分，那一年實在忍受不住，曾經大加砍伐，其後數年雖依舊綴滿整株的花，卻是絲毫沒有香氣，樹木有知，竟不敢香了。去年一年我們父女不在家，不知道它無人裡香不香？今年竟又香起來了，老父幾番忍受著，不忍再加砍伐。小女兒似不畏濃香，她的體質比乃父好，這是可堪快慰的事。

樹蘭雨中也濃烈，日下也濃烈，不分四時，興來就開花。既不忍砍伐，只有拿長竿給打落，落英密密地鋪滿一地，有似乎一大張黃金地毯。

每逢樹蘭花開，小女兒總喜歡托著一個什麼小盒子，站在低枝旁採摘小米般的花粒，盛滿一整盒子。

「盒子裡盛的是什麼啊？」

「仙米呀！」

「噢，仙米嗎？好不好吃？」

「仙米不許吃，只許聞，聞就飽了。」

「真的嗎？」

「真的呀！神仙不吃東西的呀！神仙看、聽、聞、摸就飽了；仙物就是那樣的呀！」

「噢，是這樣嗎？為什麼神仙不吃呢？」

「吃很難看的呀！動牙齒，多可怕呀！」

老父不免嚇了一跳，小女兒居然從許多神仙童話裡體悟出一番超越的哲學來。但是凡人一天至少得動三次牙齒，小女兒非不知道，可是仙是人的終極理想，那幼小心靈裡就蘊藏著多少理想啊！

起初老父打樹蘭花，小女兒不答應。老父告訴她，爸爸的眼睛睜不開，鼻子不舒服，喉嚨也不舒服，肺也難受，嘴唇都酥了，小女兒說爸爸很可憐，就答應了，還勸樹蘭少放點兒花香來，可是這回這株頑樹可不聽話了。

時序不停地向前轉，轉眼進入桂花季，小女兒起床時沒喊「好香噢」，但她在庭面上玩兒時聞到了，初次聞見桂花香時，小女兒進屋來問老父。

「爸爸，那是什麼香味，淡淡的。」

小女兒當然懂得不少詞彙，牛奶和糖，濃一點兒淡一點兒，她當然懂得「淡」字。

「噢，那是『暗香』，是桂花香。」

老父故意唸國語音。

「岸香嗎？」

小女兒從電視卡通上頗學得些許國語音，曉得自己的名字國語音就唸成暗香，阿姨們來也都喚她國語音。

「不是岸香，是暗香，暗暗的香氣。」

老父又講臺語音。

「岸香是不是暗香？」

「岸香就是暗香，岸香是暗香變化來的。」

小女兒拍手蹦跳，發現語言的奇妙。

「岸香就是桂花香。」

「對，一點兒不錯！古時候一個詩人喜歡梅花的暗香，爸爸喜歡桂花的暗香。」

於是老父攜了小女兒出庭去看桂花。

小女兒把鼻子湊近桂花枝去聞。

「爸爸，就是它，好清爽喲！」

「這是世界上最好的花香當中的一種。」

「還有哪種花香最好？」

「爸爸對花香不在行，像玫瑰也是上好的花香。」

「玫瑰有香味嗎？」

「有啊，很淡，爸爸非常喜歡。」

「為什麼花有香氣？」

「給人聞的啊！」

「不是給蝴蝶和蜂聞的嗎？」

「不是，一點兒不是！」

「爸爸怎麼曉得？」

「爸爸太了解老天了啊！」

「真的嗎？」

「當然是真的，爸爸跟老天做了一大輩子的朋友，怎不了解他？」

「可是老天沒來過我們家。」

「他整天都跟爸爸見面，可以說整天跟爸爸在一起。」

「人家都沒看見。」

「當然，岸香看不見。」

「真奇怪！」

「桂花可不許採喲！」

「為什麼？」

「爸爸太敬愛它了，不許你摘！」

可是小女兒還是禁不住偷偷兒去採，只是這回她採下來不當仙米，卻拿去供她的小石子，拿去圈小草的四周。老父看見，登時對那小石子和小草感到萬分的虔敬。

畫

住在澄清湖邊時，小女兒喜歡塗壁，回老家來，塵得發灰的石灰壁沒引起她塗抹的興趣；其實這塵了的石灰壁也沒引起老父的注意，待老父定睛看到它，早已過了半個年，這半年裡，小女兒可陸陸續續留下了不少畫跡。

當然，雨季過去了，氣溫轉涼，天日日晴，陽光日日透著上天下地，雲雀熱烈地歌唱著，老父心情好得不能再好，這個時候，塵灰的石灰壁也顯得可愛了，自然就普照了目光。

這回小女兒的畫盡畫在深咖啡色的木門框上，也漫延到門框邊的石灰壁上，盡是些微細的小畫，怪不得老父一向未曾覺察。

老父木鈍——這木鈍兩字可是始創，造詞淺白，讀者諸君當可一目了然；老父這木鈍性格，怎麼樣也不會想到去買些畫筆畫紙，讓小女兒稱心如意地去塗抹。倒是她嬸母女人家心細，買了一提盒三十六色的喜洋洋彩色筆和一盒蠟筆，她叔叔帶回來，還加了一本畫圖用的白紙。

小女兒得了這畫具，有幾天沒叫老父講故事，沉湎在繪事的狂熱中。老父發現小女兒作畫的最大興趣是將紙面塗滿彩色，不留一處空白，看她塗得認真而快活。

「這是什麼？」

老父指著畫面上一個塗滿了褐顏色的大三角形問。

「那是山呀！爸爸真笨，怎麼不曉得它是山！」

「的確，那是山，爸爸太笨了。」

「那是什麼？」

「那是太陽公公呀！」

「噢，的確，那是太陽公公。太陽公公是黃色的嗎？」

「是黃色的呀！爸爸出去看看就知道了。」

「不用看，太陽公公是黃色的沒錯。」

此時已是晚秋了，陽光略呈黃色味，確實不錯，怪的是小女兒觀察這樣精微。

小女兒擺好畫具，又要作畫。

老父問：

「岸香為什麼要畫？」

「岸香不會寫字，就畫畫。」

「就像小學生練習寫字一樣練習畫畫？」

「不是啦，安徒生寫故事，人家畫故事。」

噢，原來小女兒是用畫來從事童話創作，不是純粹摹寫實物。怪不得她興趣高昂。

小女兒的構圖往往十分複雜，似乎蘊藏著許多意象，老父只覺得她著色深得自然之趣，複雜而完整，也許是出自童心的天工吧，就因為是天工，才能得自然之趣，雖複雜而不零亂。

小女兒每畫好一張畫，就自己張貼起來，或在門上，或在壁上；有一張還貼過門楣一尺多高，事後問她怎樣上去的，老父不由出了一身冷汗，原來她是爬上搖椅，踏著搖椅靠背的橫楣，再攀上顫危危的簡陋書架貼上去的，真是好險。

照小女兒張貼的速率，不出半年，整座平屋必至貼滿了畫。

天空

小女兒很少看天，只有太陽和星月引得她看；雲她也不看。大概小孩子只注意近身的事物；天，高渺而空虛，無如地面切近而實在。

也許小女兒是在望雨，可注意到天的存在了。

「爸爸，老天畫的。」

小女兒指著天空說。

「當然是他畫的。」

「很好看。老天只用一個顏色嗎？」

「老天用的顏色可多著呢！早上太陽公公還沒出來的時候，老天先是用桃紅色，再後用金黃色，現在是淺藍色。」

「老天只會畫這樣大片的一個藍色嗎？」

「他以為大片的藍色很好看，岸香不說它好看嗎？」

「很好看，沒有東西，一個色很好看，老天真會畫。」

「老天是大畫家，許多顏色，他挑了淺藍色，不畫什麼，只抹了整大片，就是一張最好的畫。」

「爸爸，老天添一隻鳥啦！」

「噢，真的添了一隻鳥啦！」

「老天畫會動的畫。」

「添許多鳥啦！」

小女兒又說。

「鳥兒們喜歡老天的藍色畫，大家愛在畫上飛。」

「鳥真好，在老天的畫上玩。」

「雲也喜歡老天的藍色畫。有時候老天也抹小片的白顏色，那不是雲。」

「不是雲嗎？」

「不是雲，是白顏色。」

「不是雲嗎？」

「當然是雲，它是老天抹的薄片白的顏色。」

「爸爸真奇怪，又是雲，又不是雲。」

老父自省了一下，確是怪，但它是一抹畫，不是雲。

「雲多就看不見藍色畫了。」

小女兒居然時常看天的呢！也許無意識中攝入記憶。

「雲多的時候，擠來擠去，就擠下來雨點了啊。雨也有擠下來的，也有雷公趕下來的，也有自己下來玩兒的。」

「爸爸，許多星星呢？」

「那是老天掛在藍色畫上的許多寶石，白天陽光太亮看不見，晚上沒有陽光，不見了藍色畫，就看見了那許多寶石。老天設計得很好，白天晚上總要給人好東西看。」

「謝謝老天！」

「乖！」

太陽公公的禮物

小女兒醒了，老父進臥房。

「太陽公公說，他伸出許多光找遍，看見許多小孩子在外面玩兒，就是看不見岸香。他問爸爸，岸香到底起床沒？爸爸沒回答，因為太陽公公說，岸香要是還賴在床上，他要打屁股呢！」

「我在這裡！」

小女兒大聲叫。

「還出這麼大聲，不怕太陽公公聽見？」

「我在這裡！」

小女兒又大聲喊，隨後問老父：

「他聽見了沒有？」

「當然聽見了，那麼大聲，怎麼聽不見！」

「他說什麼？」

「太陽公公說，他原本明天要送禮物給你，他說你賴在床上不起來，明天他不送了。」

小女兒眼眶紅了。

「太陽公公跟你說著玩兒的，明天他要送禮物給你的啊！」

小女兒眼眶不紅了。

「他送什麼禮物？」

「他沒說。」

「問問看！」

「他不說，他說你明天早點兒起床，就發現禮物放在草叢裡。」

「不，人家要他放在桌子上！」

「太陽公公光不能拐彎，進不來啊！他沒法兒送到桌上啊！」

小女兒眼眶又紅了。

「好，好，爸爸拿面鏡子，讓太陽公公將光照著鏡子射到桌子上，不就放得進來了嗎？」

小女兒眼眶不紅了。

第二天，小女兒醒了，老父進臥房。

「太陽公公有沒有送禮物來？」

老父早已忘得一乾二淨。

「噢，噢，送來啦！」

「是什麼禮物？」

「他要你自己去看。他說，他要看你自己穿衣服，比爸爸穿更整齊。」

「好哇！我自己穿，我要比爸爸穿更整齊！」

老父趕緊奔了出去。

約莫六分鐘後，小女兒穿好衣服出來，發現桌子上擺了一小瓶水膠。

「爸爸，太陽公公送我一瓶水糊。」

老父站在簷下，回轉身：

「真的嗎？水糊嗎？跟爸爸用的一樣不一樣？」

「一樣，新的。」

「應該說什麼話呀？」

小女兒拿著水膠，蹦出簷下，跟太陽公公揮手說：

「謝謝你，太陽公公！」

竈雞

小女兒無論睡午覺、晚上睡覺，一向都要老父抱在胸前，雙腿跨過老父的腰臀，兩手搭著老父的雙肩，右頰或左頰貼在老父的右肩上，老父抱著來回踱步，口裡哼著搖籃歌——不是世界名曲，乃是老父自編的土曲，歌詞是：孨孨嗚嗚睏噢，嗚嗚睏噢，狗狗兮睏噢，熊兒孨睏噢，岸香也嗚嗚睏噢。回老家以來，老父漸覺得不勝力，午間就叫小女兒躺在床上，老父在一旁哼哼唱唱；晚間則老父假裝跟小女兒一起睡，仍然唱著自編的搖籃曲，直到她睡去。

有時候小女兒太晏起，午睡延後，入晚精神頂旺的，到了九點還沒睡意，老父不得不哄著她去睡。

小女兒剛鑽入蚊帳中躺好，床底下一隻竈雞（促織）雄健地鳴了起來，節奏適度，鳴聲嘹亮，非常之美。

「爸爸，竈雞。」

「啊，竈雞。」

「牠不睏嗎？」

「牠剛起床，才吃過早飯呢！」

「剛吃過早飯嗎？」

「是啊！竈雞睡白天，晚上活動。」

「爸爸，人家要看看牠！」

「快快睡！牠剛吃過早飯，聽見岸香進房來，曉得岸香要睡了，給岸香唱搖籃歌，讓岸香睡得甜呢！」

「真的嗎？」

「當然是真的啦！」

「謝謝牠！吔，竈雞，謝謝你！」

「牠聽見了，唱得越發起勁兒呢！」

「晚安，乖竈雞！」

小女兒快意地瞌了眼睛，竈雞一聲聲，節奏適中地鳴下去，老父也瞌了眼睛，躺著靜靜地聽著。這一晚，老父沒有唱搖籃曲，儘讓竈雞代唱，牠一聲聲唱著，老父不知幾時也睡著了。

送神

一入臘月，自然的感覺到遲暮之氣，一年又到了黃昏的時候了，語言暗示的作用卻是這般大啊！二十三日，祖母自鎮上趕了回來，小女兒格外高興。

「阿媽，你為什麼回來？」

「明天要送神了啊！二四送神，二五挽面，二六、二七阿媽都（唸ㄉㄠ，家的意思），二八、二九不給人講。」

祖母笑瞇瞇地唸著。小女兒聽得張著大口，不曉得阿媽唸什麼。

「明天是二十四日，一早要送竈神回天庭。竈門公是天公的么弟，天公問他愛當什麼神，竈門公說，他喜歡看美姑娘，就當竈神吧。天公就封他竈神做。竈門公不識字，向竈裡燒字紙，竈門公以為人們在申訴——申訴就是說，有事情，寫下來告訴天公的意思——，竈門公就即刻揣了這申訴狀回天庭去見他大哥，會鬧笑話的，所以不能夠在竈裡燒字紙。二十四日一早，竈門公回天庭去過年，正月初四日下午再回地面來，所以送神要早，接神要晚。二十五日，女孩兒家準備成親，要挽面；挽面就是拔掉臉上的細毛，男人理髮，女人理面毛，同一個意思。二十六日、二十七日，去外婆家見母舅外媽，二十九日除夕日完婚，女孩兒家自然不好意思講出來。早前窮苦人家都選除夕日完婚，一來省得看日，二來省得請客。」

小女兒約略領會得大意，覺得很有意思，叫祖母唸了幾遍，學會了，反覆唸著。晚上就寢時，小女兒硬吵著明天一早要起來送神。老父告訴她她起不來。小女兒不依，要哭。老父只得跟她說，不如現在就去送他。小女兒答應了，又穿好了衣服，走出臥房來。小女兒一逕要走進廚房去，老父告訴她，現在沒人煮食，他不在那兒，他現在在廳堂上跟土地公對坐談話呢。於是老父帶了小女兒到廳堂上來，指給小女兒看：神案上一幅神像，上面坐著觀世音，兩旁是金童和玉女；下面竈門公跟土地公對坐著，那個年輕沒鬍鬚的便是竈門公。

小女兒端詳了一會兒，開口說——誠懇而真摯地：

「竈門公，祝你在天上過年快樂！順便請你告訴你的大哥，也祝他新年快樂！他是爸爸的好朋友，他真偉大，他給我們許多好東西，謝謝他！」

老父在一旁聽著，覺得這合是自有人類以來，一次最好的送神和祝福。

千家詩

再過三、四日，小女兒虛歲就六歲了。照老傳統，五歲就該啟蒙，讀點兒書了。一年來老父都不曾理會得這個，此時眼看著新年就近在眉睫，慌忙拿起《千家詩》來，教了小女兒第一首，就是孟浩然的〈春眠〉。

待講解過，小女兒發問道：

「爸爸，為什麼春眠會不覺曉呢？」

「嗯，這個嘛，人的身體裡面有個時鐘，春天到了，就走慢些。天亮了，外面的時鐘是五點、六點，身體裡面的時鐘也許才走到四點、五點，人就不曉得醒過來，因為人身體裡面的天還沒亮。」

「哈哈，真有趣！」

「動物身體裡面全有時鐘；草木也有，到了一定的時候，就會發芽、開花、結籽。」

「會走慢嗎？」

「差不多全不會走慢，只有人會。」

「牆壁上的時鐘會走慢嗎？」

「你看呢？」

「沒有走慢。」

小女兒睜大眼睛注視著，半晌說：

「也許時鐘走累了，或者出神了，會走慢些。」

「時鐘會睡覺嗎？」

「噢，時鐘也許打盹一會兒，睡覺是不會的。晚上時鐘要是偷懶睡覺了，天亮後人們會看見時針不對。萬物只有時鐘不能偷懶，一偷懶就被看出來了。」

「當時鐘最不好啦！時鐘好可憐喲！不能睡覺的人最可憐。」

「是啊，不能睡覺的人最可憐，時鐘真是可憐！」

除夕日教第二首，是〈訪袁拾遺不遇〉，也是孟浩然做的。

「爸爸，我們去訪孟浩然。」

「不行，他是古人，沒法兒訪問。」

「為什麼？」

「他是很久之前的人，我們沒法兒去。」

「沒關係，我們坐車去。」

「傻孩子，車子沒法兒駛入古時候去啊！」

「為什麼？我們坐車子就到了嘛！」

小女兒似乎沒有過去的觀念，只要存在過，只要想像得到，都存在著，都是現在，而車子是無所不到的。

「古時候，那是時間，那個時間裡所有活著的東西都死了，所有在那兒的東西都消失了。」

「車子不能去嗎？」

「不能去，沒有了，沒地方去。」

「真奇怪！可是人家想去看孟浩然。」

老父莫可奈何，這真是言語道斷的境界；過去，也許連言語都到不了。明天，這一年也過去了，好在小女兒則更長大了。

【文學 022】

美人尖——梅仔坑傳奇　　王瓊玲 著

張愛玲說，生命是一襲爬滿蚤子的華袍。在被爬蟲逗弄得全身發癢之際，你是奮起抵抗還是消極放棄？透過本書的幾則故事，看阿嫌的苦和惡，看老張們薄於雲天的義氣和酸楚，看含笑的無奈和善良，看「被過去鞭打、現在蹂躪」的良山……一段過分沉重的歷史，讓我們看見一群最勇於迎戰的鬥士！

【文學 026】

駝背漢與花姑娘——汗路傳奇 王瓊玲 著

一場場沒有劇本的戲碼，在生命中跌跌撞撞地上演著，面對無法預料的未來，我們是選擇自怨自艾、垂淚苦嘆，還是奮不顧身、舉步迎擊？透過本書的三篇故事，吁看駝背漢與花姑娘在寬懷無私裡掙扎著生與死；淚看阿惜姨與秋月在沉痛巨變裡學會海闊天空；笑看阿滿在青澀魯莽的青春裡逐漸成長……歲月的舞臺上，搬演的是一幕幕悲喜交集的人生。

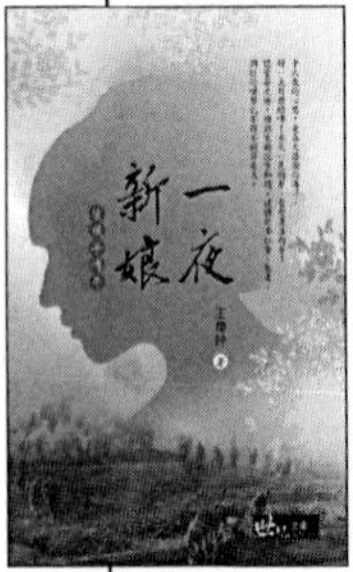

【文學 033】

一夜新娘——望風亭傳奇　　王瓊玲 著

以望風亭為中心點的汗路上，農女與年輕教師的淡淡情愫正逐漸萌芽；老伯公與日本巡學喃喃說著生命裡的曲折離奇；梅仔坑的眾子弟在異國權勢底下奮力生存……囚困於無情時代的人們，各自拖曳著生離死別的重量；誰是寄託思念的歸人？誰是招惹惆悵的過客？戰火之後，依然是無盡想望的家園，與未曾止息的青春之歌。

【文學 034】

人間小小說　　王瓊玲 著

本書作者用純真的心、慧點的眼觀察這大千世界，以深情、幽默的筆法寫出生活的點滴與憧憬；率性而善良地直抒胸中的憤慨和感動，每字每句都包蘊著悲天憫人的襟懷，詼諧而練達地刻畫人間故事。斟上一杯梅山烏龍吧！讓作者將人間的「小小說」，小小地，說給你聽。

【文學 014】

京都一年（修訂二版）　林文月 著

本書收錄了作者 1970 年遊學日本京都十月間所創作的散文作品。由於作者深諳日本語言、文化，故能深入古都的多種層面，以細微的觀察，娓娓的敘述，呈現了她個人的體會。自出版即成為國人深入認識京都不可錯過的選擇，迄今仍傳不歇。今新版經作者校訂，並增加多幅新照，以為點綴。書中各篇雖早已寫就，於今讀來，那些異國情調所帶來的感動，依然未減，愈見深沉。

【文學 003】

鏡中爹　張至璋 著

五十年前的上海碼頭，本書作者的父親與他揮別；五十年後他從澳洲到江南尋父。

一張舊照片是他的鏡中爹，一則尋人廣告燃起無窮希望，一通國際電話如同春雷乍驚，一封撕破的信透露幾許私密，五本手跡冊子蘊藏多少玄機。

三線布局，天南地北搜索一名老頭，卻追溯出兩岸五十年離亂史。